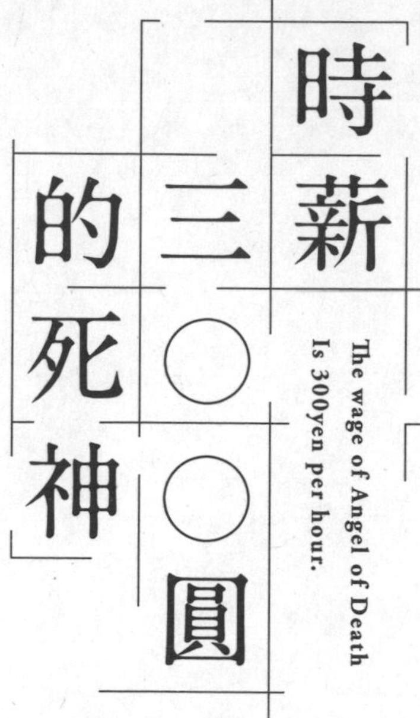

藤萬留

王蘊潔 譯

目錄

序章

在我的人生中，曾經經歷過一小段不可思議的時光。

那是大雪紛飛，白色縹緲的世界。

我對眼神空洞的他說。

這是我打工當死神時的事。

可以說，這份打工簡直糟透了。

沒有加班費。

沒有交通費。

一大清早就會被叫出門。

而且工作內容是把像幽靈般的「死者」送去那個世界這種常理難以理解的事。

最離譜的是，時薪只有三百圓。

沒錯，就是三百圓。

看到這種金額，已經不會感到驚訝，而是會忍不住笑出來。

我知道，這份工作簡直糟透了。

「但是——」

沒錯。

但是——

「即使這樣，我仍然向你推薦這份工作。」

我把生命注入像墓碑一樣站在那裡的他。

這份工作真的糟透了。

但是，同時可以獲得無比寶貴的東西。

有許許多多的人從我面前消失。

每個人都給了我燦爛的希望。

「我希望你知道，這個世界上曾經有很多很出色的人。」

這是一個不會有任何人訴說的故事。

就像紛紛飄落，然後消失在空氣中的雪一樣。

現在，我要告訴你。

我在紛飛的雪中，翻開記憶的一頁。

第一章　我開始打工當死神

「你被錄用為死神了。」

「啊？」

我一打開門，花森雪希劈頭對我這麼說。

雖說她是我的同班同學，但這個世界上會有人聽到平時根本沒什麼聊過天的少女說這種話，就回答她「喔，這樣啊」嗎？至少這裡沒有這種人。絕對沒有。

但是，我可以猜到她為什麼會對我說這句話。

我喚醒了對雨聲的記憶。

簡單地說，就是昨天的我被雨淋成落湯雞，陷入了「以後該怎麼辦？」的徬徨。

突如其來的一場雨，令我產生了莫名的不安和恐懼。

一片灰色的高樓大廈，深色雨傘的漩渦。

雨聲人潮。

雖然我不知道哪一個原因造成了我的不安和恐懼。

但我站在斑馬線前，突然對欠了一屁股債的人生產生了厭倦。

六月的雨像鉛塊般沉重。

「咦？你的人生好像遇到了瓶頸。」

「啊──」

那傢伙飄然出現在我眼前。

他穿了一件雪白的開襟衫，撐了一把雪白的雨傘，蒼白的臉上露出可怕的笑容。

那個男人注視著我，好像他原本就站在那裡。

我有一種不祥的預感。

我的直覺到底準不準？

「要不要我幫你？有一個非常適合你的工作。」

「工作？」

男人站在斑馬線的另一端對我說。我的內心深處聽到了照理說不可能聽到的聲音，我渾身發毛，心臟好像用力被抓緊。

我當時怎麼回答？

清晰響起的這個聲音飄然向我揮手。

「近日會派人去找你，多保重。」

下一剎那，那個男人就消失不見了。

好像在雨中融化，又像是消失在人群中。

那個身影瞬間消失在雨中，直到最後都帶著笑容。

只有我仍然佇立在街頭，灰色的恐懼也在不知不覺中消失了。

我就這樣莫名其妙地邂逅了非日常的一切。

「那就打擾嘍！」

「喂，妳等一下。」

隔天。

此刻的時間是下午五點多，天氣陰沉的傍晚時分。

我終於知道，昨天遇到的那個人並不是我在做夢。

「等一下，妳為什麼擅自闖進別人家裡？」

「喔，你家好亂喔。」

「我告訴妳，妳這句話很傷人。」

說話口無遮攔的花森同學若無其事地坐在矮桌前。

一頭富有光澤的頭髮閃著光，宛如樹林中斑駁的光影。

端正的臉龐令人聯想到清澈如鏡的水面。

她的性格天真爛漫，總是面帶笑容，同學都很喜歡她。她是班上的風雲人物，經常為同學帶來歡笑，時尚的打扮和短裙都很受男生歡迎。這就是我對她的印象。

她長長睫毛下的雙眼像寶石一樣看著我，森林系的香氣撩撥著我的心。

她放學後就直接來我家嗎？她制服袖口下露出白嫩的身體的確讓我有點小鹿亂撞。

但我有言在先。

這種感情在片刻之間煙消雲散了。

「那我就快速說明。我在名為『死神』的組織內工作。聽說你也想在那裡工作，所以組織就派我來向你說明。首先是關於我們的工作，我們工作的目的就是把那些因為無法擺脫內心的罣礙，仍然留在這個世界的『死者』送去那個世界。我們的理念是藉此讓人間充滿『幸福』，讓整個社會、整個世界都『幸福』。『幸福』才是人類生存的希望！『幸福』才是尊貴的希望之光！我們的服務就是體現——」

諸如此類。

之後，她又滔滔不絕地說明了「幸福如何」、「幸福這樣那樣」這種完全無法打動人心的幸福論，我當然也不可能對這種論調有任何感想。

（唉，事情絕對不單純。）

你倒是想想，一個欠了一屁股債，連畢業都有問題的高中生，前一天才遇到一個感覺很可疑的男人，隔天，美女同學就主動上門，而且我根本沒有告訴她我住在哪裡。然後她一進門就像機關槍一樣大談幸福論。我可以打賭，接下來的發展應該就是「先不談這個，你聽過安麗嗎？聽說這個花瓶只要二十萬圓，就可以帶來幸福」，如果還有一票戴墨鏡的人包圍我家，那就更逼真了。

她和在學校時一樣無憂無慮地高談幸福論，我當然會產生戒心。我從來沒想過，班上的同學竟然是邪教的幫凶。

不知道是否我臉上的表情透露出內心的想法，她突然問我：

「呵呵呵，佐倉，你好像覺得我很危險。」

「沒有啊。」

「你想要隱瞞嗎？只要看你的表情，一眼就看出來了。」

果然表情洩露了內心的想法。真是不好意思。

花森同學並沒有生氣，呵呵笑著，說出了令我意想不到的話。

「我能夠理解你的心情，因為我一開始也一樣。」

從某種意義上來說，如果她向我推銷賣花瓶或是畫作，或許還比較好一點。

「所以請你在這份文件上簽名、蓋章。」

「文件？」

「嗯，就是僱用你的合約。」

合約？竟然還有合約？

「只要你在這份合約上蓋了章，就正式被錄用為死神。打工期間是半年，工作地點就在這附近，我算是你的前輩，所以會用在職訓練的方式指導你，請多指教！啊，薪水都是當天預付，你有什麼要問的問題嗎？」

「打工當死神？」

我在重複這句話的同時，感到不知所措。

我知道。我知道不可以在這種奇怪的文件上簽名。

也知道哪裡一定有很小的文字隱藏了「購買二十萬的花瓶」的陷阱。

但是，「打工」和「錄用」這幾個字深深打動了我的心。

「我可以問妳一個問題嗎？」

「可以，請說。」

「請問死神的時薪是多少？」

「三百圓。」

「妳腦筋有問題嗎？」

我忍不住脫口罵道，雖然花森同學說「佐倉，你的反應很不錯，你這個人很好玩」，但到底哪裡好玩？三百圓根本讓人笑不出來。

照理說，我在這個時間點就應該打退堂鼓了，但為了謹慎起見，還是繼續發問。

「那工作時間呢？」

「學生的話，每天工作四小時，雖然工作時間只是說說而已。」

「嗯？所以要加班嗎？」

「嗯，有時候需要提早上班，也需要加班。」

「有加班費嗎？」

「沒有。」

「什麼？」

「我說沒有加班費。」

「一分錢都沒有？」

「嗯，而且也不能自己決定上哪一個時段的班。」

「……呃！」

「自己無法決定。」

「……」

「……」

「有交通費嗎？」

「沒有。」

「有勞健保嗎？」

「沒有。」

「獎金呢？」

「當然沒有。」

「年假呢？」

「沒有。」

「非洲哪個國家的領土面積最大？」

「奈及利亞！」

她上當了。她連續回答「沒有」，所以脫口回答了第一個字和「沒有」發音相同的「奈及利亞」，但其實正確答案是第一個字和「有」相同的阿爾及利亞。

現在不是玩這種無聊猜謎的時候。啊喲……好啦。

這種惡劣的工作條件簡直可以馬上為電視上報導的那些黑心企業洗白。不愧是自稱死神，這才有資格稱為真正的黑心企業吧，全日本的慣老闆都望塵莫及。

我看著應該根本不想錄用我的花森同學，反而忍不住笑起來，藉此表達會有人願意做這種條件的工作嗎？

她真是厲害，竟然向我提出了更加無法打動人心的條件。

「啊，但是啊，工作條件雖然很差，但只要堅持到最後，能夠申請一個可以實現任何心願的『心願』，我希望你記得這件事。」

「啊？」

她補充的內容只能讓我回答一聲「啊？」。

除了「啊？」以外，我真的不知道還能說什麼。為什麼突然扯到心願？在我滿腦子都被死神、三百圓佔據時，即使聽到她介紹這種聽起來很美妙的事，也不知道該做出什麼反應。

「呵呵呵，你是不是開始覺得我腦筋不正常？」

「我沒這麼覺得。」

「嗯？真的嗎？」

她開始不著邊際地亂扯。

她已經說完該說的正經事，沒有其他話可說了嗎？花森同學開始聊「昨天的搞笑節目」、「現在的諧星大不如前」、「如果是我，就會只穿一件內褲」這種完全無關緊要的閒話。只穿一件內褲？

最後留下「我能說的就只有這些，相不相信由你自己決定」、「那我差不多該走了，明天也會在這個時間來找你。下週見！」這兩句話，像風一樣離開了。我目送著她的背影，搞不懂她到底是明天要來，還是下個星期要來，忍不住嘆著氣，低頭看著所謂的合約。

照理說，我應該把所謂的合約撕得粉碎。

我有言在先，我並不是相信任何願望都可以實現這種鬼話，八成就是「既然你能夠在這種黑心企業打工半年，代表你具備了積極的心，這就是所謂為你實現心願，今後無論遇到任何苦難，都絕對能夠克服」這種鬼扯的話。我才不可能被這種事打動，更沒有相信邪教，當然也不可能被美女同學迷惑。

但是。馬上錄用。預付薪水。

這兩件事的確很吸引我。

「打工當死神嗎？」

我在空無一人的房間內自言自語。

我出生、長大的城市說偏僻冷清倒也不至於，但如果要問是不是很繁榮熱鬧，也讓人不知該如何回答，反正就是一個比上不足，比下有餘的地方。

我就讀的縣立高中就在這個城市沿著國道北上十分鐘左右，一座高得毫無意義的山上。在六月下旬這種悶熱的季節，學校在這種地理位置簡直要命。雖然偶爾有人說，既然在高處，可以吹到涼風也不錯，但因為離太陽比較近，所以還是熱死人。令人煩膩的太陽預告著時序已經走到夏季的入口。

在這種天氣的日子，這堂讓人睡意達到最高潮的世界史課，我突然陷入了沉思。

不知道和昨天花森同學告訴我的那些奇妙的話有沒有關係。

我想起一件往事。

（我的人生為什麼會走到這一步？）

我忍不住嘆著氣嘟噥。

雖然我現在是個做什麼事都意興闌珊的廢物，但並不是從以前就這樣，相反地，我小時候是一個未來受到矚目的少年。

小學時代。

我跑得很快，所以發揮了這個專長，在足球隊大顯身手。

雖然大人都說學校是讀書的地方，但其實也是讓運動高手被捧在手心的地方。當時的我是班上的風雲人物，享受著足夠稱之為幸福的日子。

雖然自己說有點不好意思，但當時有很多女生喜歡我。我在中學時，還曾經和社團的總務交往。因為我們住得很近，所以每天一起上、下學。當時曾經想，如果以後能和她結婚就太棒了。我當時真的自信滿滿，所以才會有這些美好的憧憬。事實上，我相信這並不是自戀，因為她應該也很喜歡我。

我以為自己可以得到幸福，而且絲毫沒有懷疑的餘地。

但是，我的人生也到此為止。

活到十五歲，我才終於知道。幸福往往在失去之後才第一次發現。

中學三年級時，我因為某個原因導致腿受了傷，無法再繼續跑步之後，我的好運就用完了。

接下來是一連串不幸的連鎖反應。因為很無聊，所以我就長話短說。一年前，經營公司的爸爸因為引發了一起離譜的事件遭到逮捕，公司因為失去信用而倒閉。父母離婚，我媽回了娘家，只剩下一臉死氣沉沉勉強工作度日的我爸和龐大的債務，我的人生一下子淪落到必須節省午餐的落魄程度。

是因為這個原因嗎？

「合約喔。」

我用別人聽不到的聲音小聲嘀咕。

真希望我爸是個普通老百姓，但他在開公司之前是個政治人物，所以算是小有名氣，我也因為這個原因受到了很大的影響。所有老闆都不願扛風險，所以每個打工的地方都不願錄用我。

因為腿受傷的關係，被所有做重活的地方拒之門外更是雪上加霜。

即使變賣了所有東西換現金，積蓄仍然有減無增。

我每天敲計算機。雖然早就放棄了上大學，但至少希望可以讀完高中。

在這種狀況下——我無論如何都需要一筆錢。

不，也並不是無論如何都需要，如果真的籌不到錢，那也只能死心了。為了在內心做一個了斷，必須有一筆錢。

不需要十萬。

只要能夠賺到五萬就好。

很多人聽了我說的理由，可能都會說「就為了這種事？」但我有需要五萬圓的理由。

即使用膝蓋想，也知道那是邪教。整天把幸福掛在嘴上的傢伙沒一個好東西，而且為什麼是死神，這不是和幸福背道而馳嗎？只不過無論再怎麼邪惡的宗教，只要多少能夠讓我賺到一點錢……我拚命克制自己的理智發揮作用。

也許是因為受到花森這個同班同學邀請的關係，畢竟有熟人，多少可以壯膽。而且在我爸遭到逮捕之後，同學都疏遠我，所以她願意和我說話，也讓我有點暗爽。

這一天的課間休息時，我和班上的同學朝月靜香對上了眼。她的一頭黑髮飄動，悄悄向我揮揮手。我愣了一下，然後也微微舉起手，努力不被其他人發現。她對我露出溫柔靦腆的表情，刺痛了我內心已經遺忘的部分。

小時候，我深信自己會成功。

我相信自己與眾不同。可以說，這種想法雖不中，但亦不遠。

我與眾不同，正走在與眾不同的垃圾人生路上。

我抬頭看著窗外的天空，從口袋裡拿出合約。為了謹慎起見，再次確認其中有沒有隱藏陷阱的文字，然後又仔細折好，放回口袋。

也許我沒有在看到合約後就馬上撕破的時間點，就已經有了答案，我只是需要一點時間，告訴自己這樣的判斷並沒有錯。

我只是用「思考」這兩個字來代替。

最後，我在合約上簽了名。

放學回到家大約五點左右，我翻了信箱，為信箱裡沒有任何東西嘆了一口氣，把合約交給了一邊嚷嚷著「好熱喔，至於到底有多熱，差不多就是整個琵琶湖都蒸發掉那麼熱」，一邊抖著胸部上門的花森。琵琶湖什麼時候蒸發掉了？然後當她對我說「喔，你瞄了我的胸部。佐倉，你好色喔」這句話的瞬間，我就在內心發誓，再也不會基於尊重叫她「花森同學」了。

我說了好幾次，我並不相信所謂的死神，更不相信任何願望都可以實現這種鬼話。事到如今，只要能夠賺錢，無論做什麼都好。更何況我已經打定主意，萬一有什麼狀況，馬上辭職就好。

「給你一千兩百圓，但你剛才偷瞄我的胸部，所以只剩下一千一百五十圓。」

「也太便宜了，讓我忍不住想要付這筆錢。」

先不開玩笑了。我手上的一千兩百圓是第一次領到的薪水，而且要從今天開始打工。我對這一點並不感到驚訝，反而對可以按時領到薪水鬆了一口氣。

同時也對終於投入奇怪的工作這個事實感到一絲不安。

兩個高中生到底要做什麼工作？

總之，我們出了門，目前正走在路上。工作地點似乎是在走路就可以到的地方。

我信步走在路上，花森在一旁說著「我昨晚吃了天婦羅，天婦羅和甜不辣到底是不是一樣的東西？」這種無關緊要的事，可惜我真的不感興趣，所以就不停地附和「有可能」。

花森雪希。

如果要重新介紹一次，我只有一句話，那就是無論男生、女生都很喜歡她。

她是我進高中後第一個認識的女生，在二年級時同班。她屬於那種活得很瀟灑的現實生活充實組，是我這種在班上遭到排斥的學生高攀不上的對象，只聽過男生曾經討論她「今天是不是穿薄紗內衣？」而已。

她總是滿面笑容，很有幽默感，重點是她很漂亮。今天在學校時，班上的同學也都圍著她，她總是逗得大家哈哈大笑。她的表現和平時完全一樣，讓我不禁納悶昨天到底是怎麼一回事？我對她沒有向我打招呼這件事並不感到意外，雖然她如果和我打招呼，我也很傷腦筋。

先不說這些。雖然我沒和她聊過天，但說句心裡話，我覺得她很麻煩。如果要問我為什麼，我也答不上來。雖然我知道自己這樣很過分。

我總覺得這種會直視別人眼睛的女生都居心叵測。也許是因為受到和我媽之間的回憶的影響。

她向我推薦這種莫名其妙的工作，應該可以認為她居心叵測吧。

而且還有另一個問題。

「佐倉，我問你。」

「什麼？」

「你喜歡我嗎？」

「為什麼突然問這種事？」

「呵呵呵，因為全班男生都喜歡花森同學也很正常啊。」

說自己很有異性緣的人，通常不是什麼好東西。

這是我的直覺。

「雖然不討厭，但也沒特別喜歡。」

「喔，是喔，你果然喜歡朝月。」

「啊啊……啊啊啊！？」

「嘻嘻嘻，你叫得太誇張了，你以為別人沒發現嗎？」

「不，妳——」

重大危機突然出現在眼前。

我心慌意亂，拚命找藉口。

「妳在胡說什麼啊，我並沒有喜歡朝月。」

「你喜歡她個性文靜嗎？」

「不不不，我說了，我並沒有喜歡她。」

「還是她的腿很美？」

「不是，不是妳想的那樣。」

「對嘛，我就知道不是這樣。」

「對啊，我並沒有……」

「是因為她胸部很大，對不對？」

「妳絕對不要告訴朝月，真的不可以。」

花森雙手放在胸口賊笑起來，我忍不住羞紅了臉。

怎麼回事？怎麼回事？妳這傢伙，也敢在男生面前說這種話嗎？我感到驚慌失措，可以感覺到自己臉頰發燙。

「啊哈哈哈。」她看到我的樣子，輕快地笑起來。

她的笑容在初夏的陽光下很刺眼。

「那我再問你一次，你喜歡我嗎？」

「我討厭妳。」

「即使我這麼可愛？」

「討厭。」

「即使我的裙子這麼短？」

「討厭。」

「勇者鬥惡龍裡的格烈格烈是？」

「殺人豹。」

「你喜歡碧安卡還是芙羅拉？」

「比較偏向芙羅拉。」

「朝月很像芙羅拉。」

「我不是叫妳別再提這件事了嗎？」

我生氣地說道。花森再度「啊哈哈」地笑起來。我覺得自己輸了。太可惡了。

然後她又笑著補充說：「太好了，原來你討厭我，我只是想確認一下。」這是什麼意思？雖然我很在意，但覺得很麻煩，所以就沒再多問。這種意興闌珊的感覺是怎麼回事？不愧是時薪三百圓的工作，也太馬虎了。

就這樣，整個移動過程我都超火大。

結果我就忘了要問花森「妳為什麼要做這個工作？」這個問題。事後回想起來，我覺得這件事應該問清楚，一旦問清楚，就能夠更深入瞭解這份工作。

當時，我完全沒有想到，這個工作竟然真的是當死神。

「佐倉？」

「嗯？啊，是。」

一抵達目的地，我立刻輕輕瞪著仰頭看著天空的花森。

因為我很想問她到底是什麼意思。

「朝月，妳好。我為妳介紹一下，最愛巨乳的佐倉是和我一起打工的同事。」

「妳真的別再鬧了！」

「啊？巨、啊？」

「朝月，妳什麼都別問，沒什麼特別的意思。」

我們來到離我家二十分鐘的地方，沒想到竟然是同班同學朝月靜香的家。

她可能一回家就換下了制服，所以開門走出來時身穿清涼的便服。

「佐倉，那你就趕快工作吧。值得紀念的第一個工作，就是要解決朝月的煩惱。你準備好了嗎？」

「啊？」「嗯？」

「啊？」是我說的，「嗯？」是朝月說的。意想不到的發展讓我們兩個人都感到不知所措。

（這是怎麼回事？）

不，等一下、等一下。我真的搞不懂，為什麼會突然變成這樣？解決朝月的煩惱。這是打工當死神？真是滿頭問號。

朝月似乎也有同感，一臉為難的表情面對突然造訪的我們。這也難怪，因為平時在學校根本沒有交集的同學突然上門，說要解決她的煩惱，任何人都會覺得莫名其妙。

我慌忙思考藉口。

對不起，突然跑來對妳說這些莫名其妙的話。

我們馬上就回去。她從剛才就中暑了。

同時又忍不住覺得自己不應該接這種莫名其妙的工作，這已經不是打工，而是花森在玩毫無意義的遊戲。

沒想到事態朝向意外的方向發展。

「我知道了，原來是這麼回事。」

「嗯？」

這是怎麼回事？朝月小聲嘀咕後，露出恍然大悟的表情，然後又小聲地說：「佐倉還不知道這件事。」向花森使了一個眼色，微微點點頭。怎麼回事？這是什麼意思？我之後才瞭解這句話的意思。

「佐倉，對不起，突然請你來這裡。那我就正式拜託你們。佐倉、花森，我有一個煩惱，你們可以幫我嗎？」

「啊？喔，喔喔。」

朝月一臉嚴肅的表情說，我仍然感到困惑不已。花森面帶微笑看著我們。

朝月不理會仍然搞不清楚狀況的我，繼續說下去。

她的聲音透明，帶著一絲悲壯。

「我無論如何都想要感謝一個人，拜託你們幫幫我。」

朝月的煩惱簡單而又複雜。

「我上次已經告訴了花森。我有一個比我小四歲的妹妹，因為小兒科方面的疾病，所以這陣子身體一直不太好。」

第一型糖尿病。

朝月向我們說明了病名。

「妹妹並沒有生命危險，因為她生的病沒這麼嚴重，只要按時注射胰島素就好，但是目前正在住院，如果每天都反胃噁心，不是會很厭世嗎？所以她心情一直很不好，不願和任何人說話。我想為妹妹做點什麼，可以拜託你們幫我這個忙嗎？」

朝月的爸爸和媽媽都出門上班了嗎？

朝月家沒有其他人，我們進屋後，去了她的房間，聽她說了這些事。

我當然大吃一驚。因為我完全不知道朝月家裡竟然發生這種事。我和朝月讀不同的小學，所以她從來沒有向我提起她有一個比她小好幾歲的妹妹。

但其實這種事也並不是太稀奇，我之前也曾經聽班上的同學說過他哥哥生病住院的事，每個人家裡都有一些不足為外人道的事。

只不過比起這種事，不，這麼說有點太失禮了，但在這之前，我有事要確認。

我趁朝月說「我去拿飲料」起身的時候質問花森：

「喂，這是怎麼回事？」

「嗯？怎麼了？」

「什麼怎麼了？」

我就像連珠炮般一股腦地發問。

這是怎麼回事？這哪是死神的工作？事到如今，死神根本不重要，還有更重要的事。

所以這是解決朝月的煩惱後向她收錢嗎？這和公司無關，而是妳基於自己的興趣在玩這種把戲嗎？朝月知道這些事嗎？她是在瞭解這些情況下，向妳傾吐她內心的煩惱嗎？妳和朝月是朋友嗎？我從來沒有看到妳們在教室聊過天。妳從剛才就一直故意靠近我的臉，現在不是開玩笑的場合！別鬧了，我並沒有臉紅。妳給我老實說清楚！

我一口氣問了一大堆問題。

面對我的發問攻擊，她的回答或許該說不出乎我的意料。

老實說，我很失望。

「別擔心，別擔心，你現在別在意這種事，只要幫朝月的忙就好。你很快就會瞭解這個工作是怎麼回事。」

說完之後，她又露出不懷好意的笑容補充說：「而且你不是喜歡朝月嗎？這是你表現的大好機會。嘻嘻嘻。」

少囉嗦，而且妳這傢伙說話太大聲了，萬一被朝月聽到怎麼辦？既然她知道朝月妹妹的事，就代表她經常和朝月聊天，也就是說，多少知道我和朝月之間的關係，所以不要亂起鬨，我和朝月之間的關係很複雜。

正當我在想這些事時，朝月拿著托盤走了進來，所以我立刻甩開了這些想法。

媽的。雖然我完全搞不懂，也完全無法接受，但既然朝月告訴我這些事，我不能就這樣拍拍屁股走人。這就代表我必須協助朝月解決她的煩惱。

老實說，我的確覺得很麻煩，而且我也不是能夠為朝月的妹妹做到這種程度的好男人，即使這樣，我仍然希望助朝月一臂之力，所以才能夠擺脫那些雜念。

說到底，就是我至今仍然無法割捨對朝月的情愫。

「所以朝月，妳想怎麼做？妳剛才說，想要表達感謝。」

「很抱歉，我也沒有明確的想法，我只是一直想要對詩織——啊，我妹妹名叫詩織，我一直想要對她說謝謝，雖然我不是一個好姊姊，如果可以，我也希望向她道歉。」

「嗯。」

聽了她微微低頭說的話，我發出不置可否的聲音，我忍不住對朝月感到有點納悶。這是怎麼回事？這些話聽起來好像她以後再也沒機會和妹妹說話了。

朝月剛才說，她妹妹並沒有生命危險。既然這樣，為什麼要這麼說？難道是她為了避免我們擔心而說謊？

我的腦海中響起了「打工當死神」這幾個字。

死神只是幻想中的存在，但我無法抹去不吉利的感覺。媽的，花森為什麼會說出死神這種字眼，我快被莫名的不安壓垮了。

但是，現在不是思考這種事的場合。即使絞盡腦汁也想不透，而且花森也不會告訴我。她從剛才就一直笑咪咪地咬著吸管。既然這樣，我所能做的，就是努力讓朝月臉上稍微露出開朗的表情，更何況我已經預領了打工費。

「雖然這個方法很普通，要不要送什麼禮物呢？可以在送禮物取悅妳妹妹的時候表達妳內心的感謝。」

「喔喔，原來佐倉是會送禮物給女生的人，噗哧。」

「花森，有什麼好笑的？」

「嗯，有道理。送禮物嗎？我知道她想要什麼。」

「既然妳知道，那事情不就簡單了嗎？」

朝月說，她妹妹第二想要的東西是時下流行的皮包。雖然很像是女生喜歡的東西，只是我完全不知道那種東西有什麼好。

但這不是重點。

「那她最想要的東西呢？」

「她最想要的東西是不可能的任務，所以就算了。」

「她想要健康的身體之類的嗎？」

「呵呵，不是。雖然我不是病人，不是很清楚，但我覺得很少有人真的這麼想，因為對生病的人來說，生病的身體就是普通的狀態。」

我似乎失言了。我暗自反省。

「你看看你。」花森笑著調侃我，讓我很火大。

「她想要的不是這種東西，要怎麼說，是那種唾手可得，但之前沒有發現的事。嘿嘿嘿，你聽不懂我在說什麼吧，沒關係，別在意。」

雖然我當然會在意，但看到她的苦笑，我也就無法在意了，所以我就沒有繼續追問。

於是，我們交換了一些意見，討論、尋找是否有什麼方法可以順利讓她們姊妹恢復以前的感情，但後來發現無法輕易想到什麼好方法，只有時間一點一點過去。

最後，只能採用我一開始提出的「在送禮物的時候和妹妹好好聊一聊」。

朝月說，她想試試這個方法，於是就成為結論。

「今天時間太晚了，明天再去買禮物。明天是星期六，不用去學校上課，買完禮物之後再去醫院，你們可以陪我一起去嗎？因為我有點不安。」

「當然沒問題，朝月，那就拜託了。」

「好啊。」

我和花森當然都沒有理由拒絕。

因為時間不早了，我們約定之後，就決定先回家。

「你第一天上工的感覺很不錯，佐倉隊員，明天也繼續加油！」

走出朝月家時，花森立刻這麼說，似乎想要阻止我對她說什麼，然後帶著調皮的笑容轉身離開了。

我原本覺得女孩子晚上一個人走在路上很不方便，但還來不及說什麼，她已經轉過街角不見了。她似乎跑得很快。我記得她的運動能力很強，忍不住嘀咕說：真羨慕她能夠跑。我只是在沒話找話。

「佐倉，那就再見了。」

「好，再見。」

朝月和以前一樣，在道別時喜歡說「再見」，她揮手的樣子也和以前一樣。

那和在教室內在意他人眼光時的動作不一樣，溫柔婉約的再見很有她的風格。我超喜歡她的這個小動作，充分表現出她的惹人憐愛。

老實說，我有點捨不得離開，但已經晚上了，我沒有勇氣說想在她房間和她獨處。雖然有很多話想對她說，只不過我還是忍住了。因為我猜想她會很為難。

「明天見。」

「嗯，明天見。」

我獨自走在夜晚的路上，發現自己心情很愉快。

不是因為打工的事，也不是因為錢的問題。雖然我對打工的事、對花森仍然一無所知，但現在這種事根本不重要。

好久沒有和朝月聊這麼多話。光是這件事就令我興奮不已。

我無法否認自己有點輕飄飄。人一旦輕飄飄，就容易大意，誤以為明天也一定是美好的一天。在遇到好事之後，就會得意忘形，以為人生從此否極泰來。

其實根本沒有任何根據。

我必須明確地說。

打工第二天簡直是糟糕透頂的一天。

那是我根本不願回想的一天，所以就簡單地說一下。

中午過後，花森來到我家，似乎為了在去朝月家之前，先把當天的薪水付給我。我忍不住為週末加班竟然沒有補貼嘆氣，但還是安慰自己說，這是為了朝月做事。

之後，我們一起去百貨公司和朝月會合。

我們一起逛百貨公司為她妹妹買禮物，兩個女生嘰嘰喳喳，看起來很開心，把我晾在一旁。奇怪的是，我的心情很愉快，即使等在一旁，也完全不在意。

到此為止，一切都很美好。

反過來說，美好也到此為止。

我們搭了三十分鐘的公車一起去醫院。因為買車票的關係，一千兩百圓的打工費一下子減少到八百六十圓。我忍不住為回程感到不安，只不過很快發生了根本無暇顧及這種問題的情況。

我們來到四人病房前。因為朝月的妹妹是女生，所以我沒有走進病房，等在不遠處的走廊上。病房的拉門關起來後，我開始計算回程的公車費。

我聽到了聲音，顯然不是愉快的聲音。

我驚慌不已，手足無措，不知道該怎麼辦。這個選擇成為我日後極大的後悔。

在我採取行動之前，朝月和花森就走出了病房。在病房門即將關上時，我聽到了悽慘的叫聲。朝月勉強擠出的笑容深深烙在我的腦海，早知道我不應該看。

「佐倉，我們走吧。」

「好。」

我們一起離開了醫院。

眼前的氣氛讓我不敢問禮物的事。

我太輕率了。

送什麼禮物?應該更加認真思考。我腦筋有問題嗎?

我完全沒有為她妹妹著想,甚至沒有想像一下。她想要健康的身體?這完全曝露了我根本沒有認真思考。我每次都這樣後悔不已。

花森什麼話都沒說,只是默默跟在我們身後。

那天晚上。

我和朝月兩人來到以前經常來的公園。

設置在住宅區角落的這個公園因為附近居民的投訴,所以禁止玩球、禁止帶寵物散步、禁止大聲喧譁、禁止跑步,讓人忍不住想問,既然這樣,這個公園存在的意義是什麼,但也因為這個原因,很適合我們單獨聊天。

我們為什麼會來這裡?因為朝月約我。

從醫院回到朝月家之後，朝月的媽媽下班回家，請我們吃了晚餐。朝月的媽媽似乎還記得我，笑著對我說「好久不見」。她隻字未提我爸的事，我覺得她和以前一樣親切善良。

吃晚餐時，都是花森一個人在說話。也因為這個關係，氣氛變得很愉快開朗。也許這是她善解人意，為其他人著想，我不禁為自己之前覺得她很麻煩感到羞愧。雖然在她亂說我喜歡芙羅拉的理由時，讓我根本無暇想這些事。

之後，朝月對我說：「我想和你單獨聊一聊。」

花森也說，她差不多該回家了。

「好好珍惜今天晚上，下次再也沒有這樣的機會了。」

花森臨走前又多管閒事地這麼說，當我想要反駁時，她又已經轉過街角，消失不見了。她到底跑得多快？真搞不懂這傢伙。

所以，我和朝月此刻一起坐在長椅上仰望夜空。

夏日的星空清楚地呈現在眼前，宇宙就像是撒了銀粒的黑色畫布。

我對星座一無所知，這件事讓我感到有點空虛。

「謝謝你。」

朝月溫柔地打破了舒服的沉默。

她在月光下繼續對我說：

「謝謝你幫忙，雖然結果並不理想，但這也是向前邁了一步。真的很感謝你。」

她露出靦腆的笑容，用可愛的語氣這麼對我說。

無論怎麼想，我都沒有資格接受她的道謝。我到底做了什麼？但我還是回答說「不客氣」，接受了她的道謝。因為我知道這樣回答最能夠讓她感到高興，我隨時都希望能夠讓朝月高興。

「我忘了從什麼時候開始，妹妹不再和我說話，但她以前不是這樣，整天叫著姊姊、姊姊，很愛撒嬌。雖然她生病應該很辛苦，但她在我面前總是很開朗，我也很高興，所以我很想再次看到她的笑容……唉，只是事情沒這麼順利。」

「下次再試試，時間一定可以解決這個問題。」

我試圖鼓勵她。我沒有說謊。我發自內心這麼希望。因為我充分瞭解她內心的痛苦。

但這句話也許根本沒有鼓勵到她。

「好久沒有和你單獨聊天了，以前我們幾乎每天都會聊天。」

「是啊，都怪我爸爸做了傻事，對不起。」

「對不起，是我沒有處理好。」

「妳別這麼說，是我提出分手的，妳沒有錯。」

事實的確如此，朝月完全沒有任何錯。

我家發生那種事之後，別人都用異樣的眼光看我。

雖然朝月說她不在意，但我無法忍受。別人用好奇的眼光看朝月，這件事讓我覺得很丟臉。

在我腿受了傷，無法再奔跑後，指導老師鼓勵我，希望我一起堅持到最後，但我心灰意冷地退出足球社。在退出足球社時，我覺得和總務朝月交往很丟臉，擔心她因為和我交往會遭到別人嘲笑。當時我還能夠咬牙忍受，我忍了下來。

然而，當我成為罪犯的兒子時，我再也無法忍耐了。一旦想像別人會用怎樣的眼光看朝月，我就忍無可忍。

我只能告訴自己，自己是個軟弱的男人。

「佐倉，今天機會難得，我們好好聊一聊。」

「但是——」

「沒關係，今天沒有其他人，我們終於能夠獨處了。」

朝月難得任性，相隔這麼長時間，我終於又見識到了她的任性。

「獨處」這兩個字也為我乾枯的心帶來極大的歡喜。

「那我們聊什麼呢？」

「我希望你告訴我，你和花森進展到哪一個階段了。」

「等一下，妳誤會了，我並沒有和她交往。」

「花森很漂亮，你果然喜歡漂亮的女生。」

「真的等一下，不是這樣。呃、咦？妳在生氣嗎？」

我回想起每次朝月任性時，我都對她束手無策。無論在以前交往的時候，還是已經分手的現在，我都不是她的對手。

之後，我們繼續聊天。

朝月想像著可能的未來，我陪她聊這個話題。

如果可以一起上大學，要讀哪一所學校？如果可以一起去旅行，要去哪裡玩？如果要蓋房子，如果要生孩子……我們一直聊著這些讓人有點臉紅，可能會出現的未來。

很開心，而且很幸福。

幸福得讓我希望時間可以停止。

她坐在我的左側，右手放在長椅上，就在我伸手可及的距離，雖然我沒有勇氣握住她的手，但我很高興。我為原本以為遙不可及的月亮又出現在伸手可及的地方感到高興，為也許我們可以復合感到高興。

不知道我們聊了多久。

她突然說了一句很奇怪的話。

「佐倉，我只要看別人的眼睛，就可以知道別人內心的渴望。」

「喔。」

她突然這麼說，我不知道該怎麼回答。

「啊，你是不是不相信？我是認真的。只要看對方的眼睛，我一眼就可以看出來，我也是因為這樣，才會知道詩織想要什麼。」

「喔……喔。」

她呵呵笑著，我小聲應道。因為我經驗不夠豐富，不知道她希望我做出怎樣的反應。這是什麼？朝月的冷笑話嗎？所以我應該表現得很有興趣嗎？

「那妳告訴我，教現代國文的古木渴望什麼？」

「吉田老師的肉體。」

「真的假的？」

她的回答太震撼，我忍不住大聲問道。

他們明顯相差三十歲，不，也許正因為這樣，所以才會產生渴望。

「真的真的，是不是很驚人？」

「這已經不是驚人而已了，那吉田渴望什麼？」

「前不久結婚的青山老師的肉體。」

「我們學校還真亂啊。」

「啊哈哈，是不是很好玩？」

這是朝月的冷笑話嗎？她的品味太令人意外，我只能發出笑聲。同時，我也為自己能夠讓她露出這麼可愛的表情感到有點得意。我相信全世界只有我能夠讓這個在學校是乖乖女的她露出這種笑容。

「那花森呢？她看起來生活很充實，應該沒有任何渴望。」

「花森應該渴望世界和平，我覺得她很可愛。」

「可愛的女生應該不會渴望世界和平這種事吧。」

花森的確長得很可愛，但竟然渴望世界和平。朝月這麼說是什麼意思？

我正感到訝異，朝月又展開了突襲。

「至於你的渴望……」

「啊？我的？」

「呵呵呵。」

「等一下，妳的笑容太曖昧了。」

「我知道了，我知道了，原來是這樣。」

「什麼嘛，妳到底想說什麼？」

「沒錯，你喜歡巨乳。」

「喂，朝月，這是什麼意思？」

朝月抱著自己的身體笑起來，我慌忙抗議。

「朝月，等一下，妳到底想說什麼？」

「啊哈哈，沒什麼。啊呀，真是笑死我了，啊哈哈。」

我好久沒有笑了，好久沒有和朝月聊天了。朝月這麼關心我，這讓我感到高興不已。

當我回過神時，很自然地拉近和她之間的距離，然後故意調皮地搖晃肩膀，朝月興奮地想把臉移開。

她纖細的肩膀、脆弱的溫柔和淡淡的香氣迷惑了我。

我們相互凝視，彼此的距離近得可以接吻。

「佐倉。」

她不知道什麼時候收起了臉上的笑容，取而代之的是另一種特別的感情。

她濕潤的雙眼緊緊注視著我。

她收起了調皮的笑聲。

「你真正渴望的是溫暖，但我給不起，我相信你已經發現了，所以，對不起。」

「……」

這句話是什麼意思？當時，我無法理解這句話。

但是我知道這句話不是玩笑，聽起來這是她的肺腑之言。

「我問妳。」

「什麼？」

「妳覺得我們能夠復合嗎？」

「呵呵，你說呢？」

「我可以做夢嗎？」

「現在就像是在做夢。」

「妳不要調侃我。」

朝月輕輕露出微笑。

「你和花森看起來關係很好。」

「我不是叫妳不要調侃我嗎？我和她不是那種關係。」

「真的嗎？」

「真的，我喜歡的是……」

「你喜歡的是？」

我說不出口。我當然沒有勇氣說出口。

因為我不想讓朝月痛苦。不，不是這樣。

因為我自己不想受傷。

「……還是算了，下次再說。」

「呵呵，真沒出息。」

我無言以對。因為我真的很沒出息，所以無法否認。

但是，當時我強烈地希望。

如果有朝一日，如果有朝一日可以和朝月復合。

到那時候，我一定要說：我喜歡的是朝月。

我不該做這樣的夢嗎？

我們在幸福的月光下沉浸在夜色中。

因為時間已經很晚了，所以我送她回家。

我送她到家門口時對她說：「學校見。」這和以前一樣。一年前，我經常這樣送她回家。

「今天真的很高興，謝謝你接納我的任性，佐倉，拜拜。」

「啊，啊啊。」

今天晚上，她沒有像以前一樣說「再見」。為什麼？

獨自走在夜晚的街道上很悶熱。

剛才的皎潔月亮不見了，不知道是不是躲進了雲層。

——好好珍惜今天晚上。

不知道為什麼，我突然想起花森對我說的話。

我做了一個奇怪的夢。

夢境中，我墜入了黑夜的深淵。那是一個無可挽救的夢。

我嚇出一身冷汗醒來，為原來是一場夢鬆了一口氣，也為今天是星期天鬆了一口氣。今天不需要出門，也不需要在學校承受好奇的眼光。雖然我知道根本沒有人看我。

「……」

我當然不會擔心今天也沒有回家的爸爸，滿腦子想的都是朝月。我把智慧型手機賣了，所以無法聯絡她，但我清楚記得她的手機號碼。

我拿起客廳的電話，按下了她的手機號碼。

我並沒有特別的意思，只是想聽聽她的聲音。

如果聽了她的聲音，可以忘記前一刻的夢就太好了。

只要這樣就好。

「佐倉，早安，今天也要活力充沛去打工——」

「這是怎麼回事！」

我劈頭問道。

花森今天也在中午過後來到我家，我劈頭就質問她。

我打開門，抓住她的手，把她拉進屋內，對她大聲咆哮。

我用力關上門，抓住她瘦弱的肩膀，將無處宣洩的怒氣發洩在她身上。

如果不這麼做，我無法控制自己。

「好痛，好痛，佐倉，怎麼了？為什麼突然這麼粗暴？」

「妳一定知道內情。」

花森一如往常。我用這輩子最粗暴的聲音威嚇她。

這不能怪我，因為她一定知道內情。

今天早上，我撥了朝月的手機，不知道為什麼打不通，只聽到電話中傳來「這個號碼是空號」的聲音。

那時候我還沒察覺到有什麼問題，以為她只是改了手機號碼，以為她只是來不及告訴我而已。

直到我去了朝月家，才發現出了問題。

因為我很想聽聽朝月的聲音，雖然覺得自己這樣有點變態，但還是去了朝月家找她。

沒想到——

「我對朝月的媽媽說，我有事要找靜香。結果妳知道她媽媽怎麼說？她媽媽說她一個月前發生車禍死了，還反問我，你應該也知道吧？這是怎麼回事？到底發生了什麼事？為什麼？為什麼？到底發生了什麼事！」

我越說越語無倫次，不，是對著她大喊。

我已經不知道自己在說什麼了，只是帶著所有的不安、憤怒、恐懼和絕望大喊大叫。

到底發生了什麼事？一定發生了什麼事。

一定搞錯了，一定是有人在開玩笑。

我無法忘記朝月母親的臉。

我恐怕一輩子都無法忘記她充滿絕望和憤怒的表情。

無法忘記失去女兒的母親臉上的表情。

「朝月的妹妹最渴望的是和姊姊相處的時間，但因為之前她都理所當然地陪在妹妹身旁，所以她妹妹根本不把她當一回事。朝月在成為『死者』之後才知道這件事，努力想要修補和妹妹之間的關係，只不過無論再怎麼努力都於事無補，所以她最後放棄了，放棄繼續存在於這個世界。」

「啊？」

花森在我的注視下娓娓說了起來。

她的聲音和表情一如往常的開朗和藹。

但在她說話時，內心透露出某些我所不知道的事。

「我不是告訴你，下次再也沒有這樣的機會了嗎？朝月是已經死去的『死者』，但因為她還無法放下對這個世界的罣礙，所以世界給了她殘酷的傷停時間，她成為一個悲傷的存在。她有沒有告訴你，只要看別人的眼睛，就知道別人內心的渴望？那是她身為死者的能力，之所以沒有人記得昨天之前的事，是因為修正了不存在的歷史，只有我們死神還記得。」

「——」

花森一口氣說完這番話，我無言以對。

什麼意思？她在說什麼？

她到底在說什麼？我完全無法理解。

我搞不懂，完全狀況外。

我回想起許多事。

雨聲。那個下雨的日子。還在雨中晃動的白色影子。

那該不會是？怎麼可能？

「我再說一次。」

花森對我說。

她淡淡的笑容帶著悲傷和寂寞。

花森從世界的盡頭告訴我這一切。

「佐倉，我們做的是死神的工作，把被封閉在這個世界的可憐『死者』送去那個世界，這就是我們的工作。朝月已經死了，昨天終於放下罣礙，順利上了路。就只是這樣。」

「死……死亡。」

我一片茫然，只能愣在原地。

我聽不懂。我完全聽不懂她在說什麼。

我只知道一件事。

——真的，我喜歡的是……

——你喜歡的是？

——還是算了，下次再說。

「騙人！怎麼可能？」

我在絕望中發現，自己又犯了同樣的錯。

人總是在失去之後才開始後悔。

總是在失去之後，才發現對自己有多麼重要。

我明明知道。我明明知道幸福一定會毀於一旦。

卻又犯了相同的錯。

朝月靜香在這一天從世界消失。

第二章　白色的信

朝月聽完我說的那句話，搖著頭不同意。

我一句話都說不出，只是站在那裡。

過了一會兒，她可能知道事實已經無法挽回。

她忍著淚水對我說了聲「再見」，轉身離開。我無法說任何話。

於是，我和她之間的時間就這樣畫上句點。

現在忍不住想。

如果那時候採取不一樣的行動，是不是會有不一樣的未來？

還是說，無論怎麼掙扎，都無法違抗命運？

事到如今，已經不得而知了。

「這個世界上有些人明明已經死了，卻被視為還沒有死。」

花森對著一臉茫然的我說道。

我不知道在玄關茫然若失了多久。花森抓起我的手，拉著我來到客廳。

然後，她告訴了我。

告訴我關於這個世界的殘酷事實。

「我也不知道明確的基準，但在那些帶著眷戀和罣礙死去的人中，有極少一部分人會成為『死者』，他們是被上天封閉在這個世界的悲慘存在。當這些死者誕生時，周圍的世界就會呈現扭曲的樣貌——變成傷停時間的樣貌，變成沒有發生他們死亡事實的世界。」

花森說到這裡，似乎覺得我無法瞭解她剛才的話。

嗯。她露出沉思的表情之後，又再度開始說明。

「總之，朝月上個月發生車禍死了，但她內心有某些罣礙，所以被選中成為『死者』。當她成為『死者』之後，這個世界就改變成她沒有死的狀態。我相信朝月自己應該嚇了一跳，因為她有發生車禍的記憶，但車禍這件事變不見了，而且只有朝月意識到這件事。你也沒有發現虛假的歷史已經拉開了序幕吧？」

花森對默然不語的我繼續說明。

「所有『死者』一開始都欣喜若狂。這也是理所當然的事。因為他們明明已經死了，死亡這件事卻一筆勾銷了，但是他們很快就發現，這種傷停時間很殘酷。」

殘酷。

這兩個字刺在我的喉嚨。

「傷停時間是讓『死者』放下罣礙的有限時間。『死者』必須選擇藉由放下罣礙結束傷停時間，離開這個世界，或是等待不知道什麼時候出現的截止時間，然後離開這個世界，而且無論選擇前者或是後者，在傷停時間內所發生的一切，記憶都會歸零。」

「無論怎麼掙扎，『死者』都無法逃避死亡的出現，而且不管在傷停時間做了什麼，都沒辦法留下任何東西。即使去了學校，即使送了皮包給妹妹，朝月在傷停時間所做的一切都會歸零，和她有過交集的人的記憶，也會修正為朝月車禍死亡這種原本的歷史。只有其他『死者』和死神才能維持這些記憶。」

花森對著不發一語的我繼續說。

『死者』籠罩在對死亡的恐懼和無法留下任何蛛絲馬跡的事實之中，幾乎都感到絕望。

死神是支持他們的組織。

這個組織雖然不對外曝光，但世界各地都存在。

創始人、組織的全貌和金錢來源都不明確。

工作的指示、薪水全都用書信的方式投遞。

花森向我說明了這一切。

「接下來是重點……我剛才也說了，傷停時間結束之後，其他『死者』和死神的記憶也不會修正，但曾經和他們產生的交集——比方說，朝月在傷停時間內送給你一支筆，那支筆就會消失，但她曾經送你筆的記憶可以維持下來，只不過這份記憶只能維持在你打工的半年期間，一旦離職，就會立刻失去在打工期間的所有記憶，也會忘記自己曾經當過死神這件事。」

花森注視著我的眼睛，加強語氣說了這段話，顯然這段話很重要。她的眼神好像在祈禱，我看著她的眼睛，在腦海中整理她剛才說的話。

不可思議的是，這一刻，我可以完全理解花森在說什麼。

老實說，她說的內容令人難以置信，難以相信竟然會有這種常理難以理解的事，所承受的巨大衝擊讓我懷疑至今為止的人生就像是一場遊戲。即使如此，我還是很快就相信了。我知道其中的原因，因為今天上午看到的那個表情說明了一切。

我第一次看到失去女兒的母親，不知道我在她眼中是什麼樣子。

一旦看過送走黑髮人的白髮人，就不得不理解，『死者』真的存在。

「佐倉，你沒事吧？」

「……嗯，嗯。」

（怎麼可能沒事？）

但我也發現一件事，理解和接受完全是兩回事。

我連朝月車禍身亡的事也無法相信，怎麼可能接受花森說的這些事？說句心裡話，我還無法原諒花森。

她為什麼不早一點告訴我？

我看著她的眼睛，腦海中只有這個念頭。

為什麼她不先告訴我，我和朝月在一起的那個晚上是最後一次？原因只有一個，她應該認為我不會相信。事實上，我也的確不相信。我一直以為死神的工作是某種宗教活動，在朝月被當成死人的日子，我還沒有開始打這份工。這麼一想，就覺得反而應該感謝花森，因為她讓我有機會和朝月共度最後的時光。這些事我都知道。

但是，我還不夠成熟，無法冷靜地取得內心的平衡。

難道沒有更好的方法了嗎？那可是我們最後的時光。

無法宣洩的怒火化為遷怒，說到底，我就是這種程度的人。

「花森。」

「嗯？」

「妳走吧。」

「……嗯，好。」

花森小聲嘀咕後，室內陷入沉默。

不知道是因為夏天的關係，還是因為心浮氣躁的關係，室內充滿了宛如化膿般的空氣，讓我們情緒變得激動。

但這也無可奈何，因為現在根本沒有心情說話。

「嗯，好吧，今天就當作是你身體不舒服請假一天，但明天開始就要認真工作，如果你曠工就要接受處罰。」

花森開玩笑說道，我仍然默不作聲。我知道自己很卑鄙無恥。

花森見狀，遞給我一張紙，上面寫著「辭職信」三個字。

這張紙似乎就代表辭職信。

「如果你無論如何都想離職，可以把這個投進郵筒寄出去，這是讓你回到日常的指標。當你寄出去之後，就不再是死神，在打工期間得到的記憶也會全部消失。」

花森又補充說：

「但是，希望你瞭解一件事，一旦離職之後，就無法再當死神，你就會永遠失去朝月的傷停時間記憶，話說回來，即使你繼續打工，半年之後也會忘記。」

花森說完，笑著對我揮揮手說：「那就明天見，記得乖乖吃飯！」然後就離開了。她開朗的笑容讓我覺得自己更可悲，這種自怨自艾引起內心的憤怒折磨著我。

仍然留著她餘香的房間內，只剩下一份文件和我。

那是忘卻悲傷和憤怒的唯一手段。

回到日常的指標。

即使「辭職信」擺在我面前，我仍然找不到答案。

我當然不可能有答案。因為目前根本無暇思考這種問題。

「朝月。」

我在空無一人的房間內喃喃叫著她的名字。

沒有人回答我。

那一天，我沒有踏出家門一步。

為了省錢，我稍微沖一下澡，沖掉身上的汗水，然後吃了之前買的泡麵充飢。這種時候仍然會感到肚子餓，實在很沒出息。吃完泡麵之後，立刻鑽進被子，很想陷入昏睡，但當然睡不著。

好痛苦。好難過。好後悔。

昨天晚上還那麼幸福，如今稍不留神，就會被恐懼吞噬。我的幸福還是無法持久，這樣的夜晚漫長得好像永遠都等不到天亮。最後，我一整晚都沒有闔眼。

這一天是星期一，我蹺課沒去學校。我實在沒有心情，但我在中午過後就出了門。因為我不想見到花森。

我在街頭徘徊遊蕩，深夜才回到家。當然沒有看到花森。她生氣了嗎？不，她不會生氣，一定會一臉為難的表情笑笑說：「真是拿你沒辦法。」我已經對花森有一點瞭解，可以想像到她的反應。

這天晚上還是睡不著，只是默默痛苦著。

又經過了一個不眠之夜迎接了早晨。還是沒有答案。

我又過了三天這樣的日子。

最後得到的答案無法解決任何問題。

「我會繼續打這份工。」

「真的嗎？太好了。」

這一天是星期五。朝月離開這個世界第六天的下午。

這一天，我難得去了學校，放學後馬上回到家，當花森四點多時哼著歌上門時，我這麼對她說。

說實話，我的心情差到極點。

即使重新檢視這份工作，仍然覺得工作條件惡劣至極。

時薪低，沒有加班費，工作內容是和像幽靈般的『死者』打交道這種偏離常識的內容。雖然我並沒有刻意去想這份工作的缺點，但想到的都是缺點。我可以斷言，如果事先知情，絕對不會接這種工作。

但既然頭已經洗一半了，所以也只能認命。如果花森沒有騙我，在我離職的瞬間，和朝月共處那個夜晚就會消失，記憶會修正為原來的歷史，修正為真實，但也同時虛假的歷史。

我無論如何都不希望發生這種狀況。

我不希望現在就忘記那天晚上。

我仍然搞不清楚一件事。花森說，帶著罣礙死去的人變成『死者』，那朝月的罣礙是什麼？她說想要對她妹妹表達感謝，但無論怎麼看，都不覺得她的感謝已經傳達給了她妹妹。我沒想到那是她和她妹妹最後一次見面，當初為什麼沒有想一想更好的方法？我後悔莫及。

即使再怎麼後悔，朝月都已經離開了。她什麼也沒說，就這樣把我留在殘酷的世界離開了。

花森說這是朝月順利上了路。

我搞不懂。完全搞不懂。正因為這樣。

（我不能忘記。絕對不能忘記。）

無論再糟糕，都不能放棄這份工作。

目前只能繼續做這份工作，守護我和朝月之間的那份回憶。

即使明知道那是遲早會失去的記憶。

「啊，我真的鬆了一口氣，因為差一點失去好不容易出現的搭檔。太好了，真是太好了。」

花森用一如往常的悠然語氣說。

她說話的聲音開朗、搞笑，好像已經克服了朝月的死亡。

這些行為代表什麼意思？雖然只要稍微想一下就知道，但我拒絕思考。

其實我知道自己還不原諒花森很離譜。

「好，那就趕快開始今天的工作。」

「好啊，那就趕快出發吧。」

「喔，佐倉，你幹勁十足嘛。」

「怎麼可能？我只是想早點搞定，早點回家。」

「原來是這樣，你想和漂亮的同學好好享受傍晚五點之後的生活。」

「結束時不就晚上九點了嗎？」

「晚上九點！我說佐倉啊，你對夜生活到底有什麼期待？」

「我哪有什麼期待？」

「是嗎？是嗎？原來你也終於有夜生活了。」

「妳很瞭解我嗎？」

「邊緣人佐倉的夜生活。」

「這和邊緣人沒關係吧……」

我對腦袋破洞的花森用力嘆了一口氣。「啊哈哈，開玩笑啦。」她在說話時拍拍我的背，讓我更火大了，我不理會她，自顧自走出家門。火辣辣的陽光讓我再次忍不住嘆氣。花森沿途仍然不停地東拉西扯，我都充耳不聞，但花森仍然面帶笑容，讓我更加心煩。

遲遲不沉落的太陽一直在嘲笑我。

就這樣，又再次開始做死神的工作。

在沮喪的心情下接到的新工作讓我情緒更低落了。

「我姓黑崎，你們就是新的死神嗎？」

「是。」

這個人就是別人口中的找信阿伯。

他就是我遇到的第二個『死者』。

「你們聽好了，我現在雖然已經退休了，但不久之前還是大企業的高階主管，和你們這種學生的身分地位不一樣，你們要充分瞭解這一點，才能夠做好事情，聽懂了嗎？」

（這傢伙是怎麼回事？）

這裡是離我家走路數十分鐘的河畔。

這片河畔從北開始，依次規劃為「釣魚區」、「網球場」、「慢跑區」等不同的區域，是附近居民休憩的地方，但在這裡遇到的這個阿伯帶給我的是和休憩完全沾不上邊的感受。

他一看就是那種昭和年代的老人。

他的年紀大約六十歲左右，臉上有很多皺紋，頭髮花白，不知道是否因為個子高的關係，所以雖然很瘦，但讓人感到很有壓力。雖然上了年紀，但眼神很銳利，再加上聲音很低沉，有一種壓迫感。也許和他的皮膚黝黑也有關係。

但外表不是太大的問題，問題在於他的性格。

「這個妹仔昨天已經見過了，喂，少年仔，你是誰？看到長輩也不自我介紹一下嗎？」

「我姓佐倉，名叫佐倉真——」

「你叫什麼名字不重要，你給我打起精神，我討厭有氣無力的小鬼。」

（什麼意思啊？這老頭真煩。）

從這些簡短的對話就可以知道，這個姓黑崎的傢伙目中無人。

他說話盛氣凌人，一下子說自己以前在大企業上班，一下子說自己是長輩，擺出一副高高在上的態度。為什麼在我心情惡劣的時候要和這種人說話？我深刻體會到，這個世界真的不好混。

花森完全不理會我的心情，對黑崎說：

「好了，剛才已經自我介紹過了，那就開始工作吧。這次的工作就是要找遺失的信，那就全心投入，全力以赴。喔！」

「信？」

「由我來說，妹仔，妳先閉嘴。」

我露出驚訝的表情，聽著黑崎說起他的身世。

他以前曾經有太太和兒子。

但他整天忙於工作，和家人的感情很差。兒子五歲時，他和太太離婚。這已經是二十年前的事了，他完全不知道前妻和兒子目前的下落，甚至不知道兒子現在長什麼樣子。

黑崎在離婚之後仍一直忙著工作，因為過勞生病，結果就死了，但因為他還有罣礙，所以變成了『死者』，進入了沒有生病這件事的傷停時間。

至於關鍵的罣礙這件事。

「那是一封信，在離婚之前，兒子曾經寫了一封信給我。」

黑崎說話時，踢著周圍的草。

「那是幼兒園的活動，要他們在父親節時寫一封感謝信給爸爸，所以我兒子就寫了一封信交給我，之後沒多久，我就和他媽離婚了。我一直把那封信放在皮夾裡，因為腦梗塞昏倒時皮夾掉了，然後我就變成了『死者』。當時就是在這片河畔昏倒的。」

他用下巴指著眼前這片風景。

眼前有一條可以游泳的河，那裡是沿著河岸的河川地，堤防旁的草地面積很大，正如剛才所介紹的，在那裡建了網球場。不知道這片河岸全長有幾公尺，已經必須用公里為單位來計算了。當我發現這件事時，忍不住感到頭昏眼花，頓時覺得七月的太陽是惡魔。

（不會吧，要從這裡開始找？）

我在腦袋裡嘀咕著，再次感到垂頭喪氣，忍不住重重地嘆氣。

但是——

在我感到沮喪的同時，惡劣的心情短暫地開朗了一下。

雖然對這個老頭的第一印象極差，不過我覺得既然他的罣礙是兒子寫給他的信，就代表他其實是個好人。

但這種想法立刻煙消雲散。

「所以，你要尋找和你兒子之間的共同回憶。」

「哈，沒想到你和這個妹仔說同樣的話。」

「啊哈哈，佐倉，我告訴你——」

花森苦笑著準備向我說明，結果被打斷了。打斷她的不是別人，當然就是黑崎。

「根本不重要，無法理解男人工作的女人和小鬼，還有小鬼寫的信都不重要，但我把信放在皮夾裡，女人就很容易對我動心。我想利用這一點，再去夜店好好樂一樂。這就是我的罣礙，少年仔，你瞭解了嗎？」

「……」

我重重地嘆了一口氣，然後又故意吐氣。沒想到他讓我今天已經夠惡劣的心情更加惡劣。上天似乎真的很討厭我。

竟然是這種垃圾理由。

我太傻太天真，竟然有那麼一剎那，以為這個老頭是好人。

雖然從某種角度來說，這種人更有人情味，但也的確讓我提不起勁。

我輕輕咂著嘴，問花森：

「喂，花森。」

「佐倉，怎麼了？」

「這個色老頭真的死了嗎？」

「哈哈哈，你竟然叫人家色老頭，也不想想自己。」

「不要我說什麼都找語病，趕快回答我的問題。」

「對啊，黑崎先生是『死者』，這一點千真萬確，你不在的時候，我已經確認過了。」

花森向我簡單說明情況。

『死者』出現時，住在附近的死神就會馬上收到指示。

指示中會提到『死者』的外表特徵、住址，以及「向死者說明」的內容。

死神接到指示之後，就會去見『死者』，向陷入混亂的他們說明情況。然後就協助他們解決內心的罣礙。

「黑崎先生大約在半年前左右成為『死者』，已經有其他死神向他說明過傷停時間，只不過都無法解決他的煩惱。雖然之後又有幾個死神接手，但連續出了問題，所以這次輪到我們接手。呵呵呵，由我們來解決別人無法解決的高難度案子，不是和名偵探稱號很相稱嗎？」

相稱個屁。

我很想認真地這麼大叫。更何況我們根本不是偵探。

我知道了，這個老頭太任性難纏，別人都搞不定他，所以就把爛攤子丟給我們。

聽了花森剛才的說明，我才發現原來有許多死神，但比起這件事，我更在意的是「半年前」這幾個字。原來從這麼久以前就開始找那封信了嗎？

在這麼大一片河岸找一封信已經夠令人絕望了，而且還是在半年前就遺失的信。不會吧？這已經不是能不能找到的問題了。等一下，妳是認真的嗎？妳竟然還能夠輕鬆地笑出來？

我在困惑中絞盡腦汁，思考有什麼方法逃離。

但是當然不可能想出什麼方法。

「喂，兩個年輕人，廢話少說，趕快找啊，你們不是來玩的。」

「好，對不起。」

老頭踢著草，花森笑著跑了過去。

瘋了嗎？這是我唯一的感想。

但是，我已經沒有退路了。

「小鬼，你也一樣，趕快做事，別只會拿錢不做事。」

「時薪也才三百圓。」

「你說什麼？」

「沒有。」

即使掙扎也是白費力氣。

我死心斷念，撥開草叢，開始尋找應該不可能找到的皮夾。開始找之後，才發現我連皮夾有什麼特徵也沒問，但我根本不想找，所以也就不問了。我只要假裝在找就好，然後等老頭放棄。我滿腦子只想著這件事。

都不重要。根本不重要。

無論這個老頭，還是打工當死神都不重要。

事後回想起來，我覺得這時候甚至已經忘了我需要錢這個原本的目的，因為我只想到一件事──只要能夠記得朝月的事就好。

我帶著惡劣透頂的心情，繼續打這份糟透的工。

接下來是一段不值得一提的無聊日子。我簡單介紹幾件事。

首先是大前提的問題，有好幾個原因讓我提不起勁。

朝月的事、時薪的事、放學後所有的時間都被佔用，還有天氣正式進入炎熱季節，以及即將期末考。雖然事到如今，我並不在意成績，但無論如何都不想被抓去學校補課。光是這些事就已經讓人很心煩了，還要在這種狀況下找根本不可能找到的信，覺得開玩笑也不能太離譜。

最重要的是，這個姓黑崎的老頭真的很麻煩。

「喂喂，你們不要偷懶，趕快認真做事。」

「太晚了，你們不是放學後就直接過來嗎？」

「這麼早就想回去了嗎？真是太沒毅力了，我年輕的時候，曾經自己創業，開了一家很賺錢的公司。」

他整天用這種老套的說詞虐待我們的耳朵。只要逮到機會，就長篇大論地教訓我們。

更讓人火大的是，他只要自己累了，就馬上停下來休息。

「嘿嘿，不好意思。」

花森可能並不覺得痛苦，一如往常地面帶笑容，但我根本沒這種心情。這也是理所當然的事，在這種情況下，怎麼可能有力氣做事。

我已經夠火大了，黑崎又對著我吹噓他的豐功偉業。

「我以前的興趣是開高級車，不久之前才買了一輛，引擎的聲音真是棒得沒話說。」

「有一個女人跟著我，雖然很幼齒，但真的有夠讚，她迷我迷得不得了。」

「我有一個老朋友開了一家公司，都這把年紀了，還這麼拚，他叫我去他公司幫忙，我拒絕了。哇哈哈哈。」

「喔。」

老實說，我一丁點興趣都沒有。

只要想像一下就知道，在熱死人的陽光下，撥開蟲子滿地爬的草叢，尋找根本不可能找到的信，還要被老頭欺負，聽他吹噓一大堆根本不值得炫耀的廢話，簡直就是折磨。

黑崎在這一帶被稱為「找信阿伯」，已經變成了名人。

如果有一個老頭從早到晚都在河畔走來走去，板著臉嘀咕「信在哪裡呢？」想不成為名人也難。路過的行人有各種不同的反應，有人對他視而不見，有人竊竊私語，有人皺起眉頭。當然，在旁邊幫忙找信的我們也面臨了同樣的眼神，遭到池魚之殃被人恥笑是莫大的屈辱。

「黑崎先生。」

「什麼事？找到信了嗎？」

「你不用去上班嗎？」

「我辭職了，我為什麼要上班到死？」

「你之前的生活只有工作，現在說辭就辭嗎？」

「在我知道自己死了之後，就失去了上班的動力。你廢話少說，趕快做事。」

我忍不住仰頭看著天空。

媽的，如果他還在上班，我就要向他公司舉報，別再繼續找不存在的信了。沒想到他失業，而且還豁出去了，根本沒有可以攻擊的弱點。我的計畫落空，不由得垂頭喪氣。

這一天也沒有找到信。

無益的日子繼續持續。

在開始找信的第五天。

「真熱啊，熱死人了。喂，少年仔，你去買飲料。」

「啊？喔，好喔。」

花森在河岸深處找信時，黑崎突然這麼對我說。

這一天烈日當頭，已經傍晚了，卻完全沒有涼意。雖然他命令的語氣讓我很不爽，但還是為意外得到的休息時間鬆了一口氣。只不過這種安心只維持了一下子。

令人難以相信的是，他買的飲料竟然要我付錢。

我們走進不遠處的一家便利商店，黑崎把寶特瓶飲料放在收銀台上，然後就走出了便利商店。店員當然看向還留在店裡的我，我差一點暴怒。他明明知道我時薪是多少。

但我已經沒力氣抱怨，最後只能乖乖付錢，在店門口的陰涼處休息。黑崎喝寶特瓶的咖啡，我喝水。我之所以買水，就是因為價格最便宜，因此就更加心酸了。

「喂，少年仔。」

黑崎在這種狀況下和我閒聊。

不意外，他聊天的內容都是垃圾話。

「我上次聽那個妹仔說，如果可以做完死神的工作，就可以實現自己提出的任何願望。真的有這回事嗎？」

「喔，你是問這件事嗎？」

我想起以前曾經聽花森提過的這件事。

只要堅持到最後，可以申請一個能夠實現任何心願的『心願』。

第一次聽到她說這句話時，根本聽不懂她在說什麼，但現在有了不同的感想。經歷了這麼多非日常的事之後，也覺得更有真實性。

這份工作絕對很黑心，但如果這件事屬實，或許的確值得撐半年。這一點我承認。

但是——

「誰知道呢，老實說，我並沒有抱太大的期待。我既不知道任何願望的範圍有多大，而且可以申請『心願』的說法也很微妙，更何況我沒有自信可以堅持半年。」

在某種程度上，這番話是我的真心話。

就好像蒐集到七顆龍珠之後，召喚到的未必是最強的龍一樣。說什麼任何願望都可以實現，但到最後可能會說什麼「這件事不行」。而且申請心願的說法也有點問題。雖然我問了花森，但她說她也不清楚，所以我告訴自己，不要有過度的期待。

但是，如果真的可以實現任何心願呢？

雖然我沒告訴黑崎，但我內心有希望可以實現的心願。

朝月。這是我唯一的願望。

不能抱有過度的期待，但是，如果可以再見一面。

下一次見面，我絕對不會再後悔了。

我內心帶著這份決心。

「是喔，原來可以申請心願。」

不知道黑崎聽了我的說明之後想到什麼。

他露出沉思的表情陷入沉默，臉上難得露出哀愁的表情。那是在內心的深淵，找不到任何藉口的小小哀愁。

但那也只有短暫的片刻，他隨即就酸言酸語說：「你看起來的確沒辦法撐到最後。」

我們的談話到此結束，這個老頭說話真的很讓人火大。

之後，我們站在那裡沒有說話。

「這個送你。」黑崎丟給我一個咖啡附贈的小公仔。我根本不需要這種東西，原本想順手丟掉，但覺得他一定會數落我，所以就改變主意。我嘆著氣，把公仔塞進口袋。

「你們快放暑假了吧，到時候就有充足的時間了。暑假的時候，你們要一大早就過來。」

走在前面的黑崎說。開什麼玩笑。所有的一切都讓我心浮氣躁。暑假即將到來的事實也一點都不令人高興。

休息回來之後，壓力也不斷累積。

「佐倉隊員，我告訴你一件事，『死者』都有一種特殊的能力。」

回到河岸旁，和花森會合，繼續尋找不可能找到的信時，花森突然用搞笑的聲音對我這麼說。

為什麼突然告訴我這種事？

「我還沒有向你說明這件事吧？『死者』在傷停時間內，可以運用一種不可思議的能力。我們稱之為『死者的能力』。」

死者的能力。

我想起之前好像也曾經聽過這件事。

「雖然每個『死者』具備的能力不同，但會在某一天，突然發現自己具備了這種能力，而且聽說那種能力和自己的罣礙有關。也就是說，死者的能力成為瞭解自己罣礙的提示，同時也是為了解決自己的罣礙而存在。」

我默默聽著她的話思考著。

因為她這番話中包含了重要的線索。

不是關於不可思議的力量。事到如今，我已經不會為這種事感到驚訝了。這是『死者』可以理所當然地敲詐我請他喝飲料的世界，沒必要為這種小事驚訝。

令我感到意外的是死者的能力是瞭解自己罣礙的提示這句話。也就是說，『死者』在進入傷停時間時，並不知道自己的罣礙是什麼。

雖然已經死了，卻以『死者』的狀態活在傷停時間內。

帶著足以讓自己成為『死者』的罣礙，卻不知道自己的罣礙是什麼。

我覺得這個部分意味深長。

「黑崎的能力是只要一看到別人的臉，就可以知道那個人的名字。不論是姓氏、名字，還是漢字的讀法都一目瞭然。」

「如果用這種能力，看到路上的情侶說：『喂，明美，妳這麼快就交到新男友了？』一定可以笑死人。哇哈哈哈。」

這個老頭到底有多渣？

我忍不住咂嘴。

「啊哈哈哈，黑崎先生，你真愛說笑。佐倉，你對這種能力有什麼想法？」

「什麼想法？」

「就是你認為這種能力代表什麼意義。」

「喔，妹仔，妳不要胡亂猜測。」

「不知道，也沒興趣知道。」

「你這個人很難聊欸。」

「你這個小王八蛋，什麼叫你沒興趣知道？你不把我放在眼裡嗎？」

花森無奈地笑起來，黑崎仍然糾纏不清。我將視線從他們身上移開，結束了這些談話。

其實我也不是完全沒有想法。

內心還有罣礙的人成為『死者』，然後藉由死者的能力瞭解自己的罣礙。

黑崎有一個二十年沒見面的兒子，他不知道兒子住在哪裡、長什麼樣子，然後他從早到晚都在找遺失的信，為了吸引女人，持續找了半年。我沒有傻到面對這些資訊，分析不出任何頭緒，只是我現在根本沒興趣知道這種事。

我討厭黑崎，而且一點也不關心這個明明具備尋找的能力，卻沒有勇氣付諸行動的老頭。對我來說，這個世界上沒有比朝月更重要的事。

（這種能力可以瞭解自己的罣礙是什麼，同時也是解決罣礙的能力。）

花森說，朝月的能力是只要看別人的眼睛，就可以知道那個人內心的渴望。

朝月自己也這麼告訴我，所以這件事千真萬確。

果真如此的話，朝月的罣礙真的是和妹妹言歸於好嗎？她得知了妹妹渴望的東西，也創造了和妹妹和好的契機。這麼一想，的確覺得合情合理。

但是，我還是無法理解她如何放下了這份罣礙。

花森說，朝月的妹妹渴望的是和姊姊共處的時間，朝月也說，妹妹渴望的是以前唾手可得，卻沒有發現的事。

她們姊妹最後相處的時間很糟糕，無論怎麼看，她都沒有滿足妹妹的渴望。

但是，朝月去了那個世界。

花森說她順利上了路。

（媽的……）

我想不透。無論想了多少次，仍然想不出答案。

為什麼？為什麼？為什麼想不透？

「你的名字也太普通了，如果有什麼由來，說來聽聽。」

黑崎說著什麼，我當然充耳不聞。

「喂，小鬼，你有沒有聽到我說話？」

「啊哈哈，你不要生氣。」

背後傳來花森安撫的聲音，我內心只有懊悔。

這是不是所有一切的契機？

在這樣的日子裡，又發生了一件讓我崩潰的事。

「雪希。」

在我們開始找信的第十幾天。

最近我懶得在放學後先回家一趟，於是就和花森一起直接去河岸。這天下午天氣晴朗，突然聽到了叫聲。我一時不知道那個人在叫誰，但很快就知道了。因為我看到花森在用力揮手。

「嗨！裕子，原來真理也在啊。妳們要去哪裡玩嗎？」

「因為快考試了，所以我們要去美由家複習，雪希，妳呢？」

「我今天也要去做義工，是不是很了不起？」

迎面走來的兩個女生是我們班上的同學。聽了她們的對話，我知道花森用什麼方式掩飾打工當死神的事。我之前就覺得，她有這麼多朋友，要拒絕朋友放學之後的邀約應該也不是一件容易的事，原來她都用做義工這個藉口。只不過即使知道這種事，也和我沒有任何關係。

「佐倉也做義工嗎？」

「啊？對。」

「是啊，我邀他一起當義工，他就答應了。唉，美麗真是一種罪過。」

「妳別臭美了，是因為佐倉人很好吧。」

「謝、謝謝。」

她們突然提到我，我慌了手腳，幸好花森及時救援，總算掩飾過去。我也透過這件事，知道這兩個同學心地很善良，因為她們也會向在學校遭到排斥的我打招呼。

這是理所當然的事。我早就知道了。

我早就知道裕子和真理心地很善良。

因為她們是朝月的好朋友。

（……）

就在這個剎那。

我被強烈襲來的恐懼籠罩。

於是我知道，所謂契機，往往是一些微不足道的小事。

我再次體會到朝月已經死了，已經離開了這個世界。

我再次體會到，經過一個半月之後，以前的好朋友，也會變成這樣。

「對了，大家在討論，暑假的時候要去靜香家為她上香，雪希，妳要不要一起去？」

「喔，當然要去啊。大家一起去，靜香也會很高興。」

「是啊，要讓她看看我們最近很好。」

我聽著她們三個人聊天，不由得思考著。

這兩個同學也會向我打招呼，她們是心地善良的人。

我對此毫不懷疑。因為她們是朝月的朋友，所以我當然不會懷疑。

她們不可能永遠為朝月的死感到悲傷，也必須露出笑容繼續活下去，這一切都是理所當然，所以並沒有問題，即使在沒有朝月的世界歡笑也沒問題，但我無法克制內心的恐懼。

朝月死了。朝月的朋友已經走出了失去她的悲傷。

即使朝月死了，世界也並沒有改變。

眼前這兩個同學並不知道朝月最後的時光，令我感受到極大的恐懼。

對她們來說，朝月在一個半月前車禍身亡，之後的傷停時間完全不存在。

即使朝月曾經向她們道別，這件事也會一筆勾銷。事到如今，我終於瞭解了花森說傷停時間很殘酷這句話所代表的意義。

我不由得開始想像如果我失去了死神的記憶會怎麼樣。

在朝月車禍身亡的世界，我每天在那樣的世界過著怎樣的生活？

在遺忘了我和朝月共度的最後一晚的世界，我會帶著怎樣的想法過日子？

——無論如何都會在半年之後忘記。

明明不需要回想，但我回想起這句話。

回想起始終抹不去的恐懼。

「花森，我一直忘了問妳一件事。」

向那兩個女生道別後，我問走在我身旁的花森。

「朝月變成『死者』時，是妳向她說明傷停時間嗎？」

「嗯，對啊。」

「原來是這樣。」

我沒有繼續追問，我無法追問。

不知道朝月得知自己死了的時候怎麼想。

不知道在她得知自己無法擺脫死亡的命運時說了什麼。

我當然問不出口，也不想知道。

我終於瞭解內心感受到的煩躁是什麼。

我只是對根本不想知道這些事的自己感到煩躁。

「找不到嗎？算了，今天就先到這裡。真是的，你們也不中用。」

「啊哈哈，對不起。」

「如果你們還是這麼沒用，我就要換死神。你們有在聽我說話嗎？」

黑崎對今天也一無所獲表達意見。他說什麼完全不重要。

幾天之後，學校發下來的考卷成績慘不忍睹。

之後，我們繼續找那封信。

黑崎三不五時罵人，但始終找不到那封信。

我在找信時常常心不在焉。

有一天回家的路上，我突然想去看看朝月的妹妹。

但立刻打消了這個念頭。

因為我回想起朝月媽媽臉上的表情。

如今，朝月的傷停時間已經結束，我不知道她妹妹目前的狀況。

我也不想知道當她得知朝月車禍身亡時的想法。

那一天發生的事一筆勾銷了。

曾經去探視她妹妹，送她妹妹皮包，所有的一切都一筆勾銷了。

我在夜晚的天空下走回家，打開信箱。今天信箱裡仍然空無一物。

不知道為什麼，我想起我媽的臉，想起她直視我的那張笑臉。

已經到了極限。

我在這個世界的掙扎已經到極限了。

我內心的某些東西終於爆炸了。

「夠了吧？」

「啊？」

那一天。那天晚上。

我終於受不了了。

我對眼前的酷暑，對這份工作的忍耐已經到了極限。

最重要的是，無論怎麼絞盡腦汁，都搞不懂朝月的想法這件事，把我逼到了極限。

「夠了吧？即使再找，也不可能找到。如果你的皮夾被人撿走，就不可能繼續留在這裡；如果被河水沖走，就更不可能找到了。更何況怎麼可能找到好幾個月前的信？為什麼要做這種徒勞無益的事？」

「你！」

黑崎用低沉的聲音喝斥。我知道自己該住嘴。

但是，我無法停止，我停不下來。

「即使再找也無法解決，我覺得應該繼續向前走。如果你想見你兒子，那就去見他，用你的能力去找他。為什麼要在這裡浪費時間？你只是在這裡浪費時間，掩飾你沒有勇氣去見你兒子這件事。因為什麼都不做會讓你感到不安，所以用這種方式逃避現實，我不要再陪你玩了！」

我繼續大叫著，有說不完的話。

我不想知道自己可不可以把這些話說出口，但我無法制止自己。

說到底，我也是一個情緒化的人，雖然表現得四平八穩，最後還是露出了本性。我和我爸沒什麼兩樣，唯一的差別，就只是有沒有動手而已。他因此留下了前科。到頭來，我只是這種貨色，但是，即使是這樣，我現在仍然不得不說。因為和朝月的離別找不到答案，令我痛苦不堪。

「……」

黑崎面對我的叫喊陷入沉默，不知道他在想什麼。

我確信他一定會對我大發雷霆，也做好了挨揍的心理準備。我已經不在乎了。只要能夠結束這種無聊的時間，我認為這樣也無妨。這樣很好，這樣很好。

沒想到。

「嗯，是啊。」

「黑崎先生？」

花森納悶地叫了一聲。

不知道為什麼，黑崎出乎我的意料，抬頭看著夜空。

我內心頓時七上八下。因為我覺得自己做了無可挽回的事。從結果來看，這種想法的確沒錯。

我的確說了無可挽回的話。

「那我就實話實說吧，我的人生一直都很悲慘。」

「啊？」

黑崎淡淡地吐出這句話。

這句話彷彿撕裂了黑夜，我一時無法理解其中的意思。

在我發問之前，黑崎先生主動說出了一切。

他就像放棄了所有的希望，滔滔不絕說了起來。

「其實全都是騙你們的，我並沒有忙於工作而無法顧家，而是無論做任何工作都無法長久，每次去小工廠打工不久就被視為麻煩人物，結果就遭到開除，然後我乾脆不去工作，整天喝得爛醉如泥，最後我老婆對我感到心寒，就離家出走了，事情就這麼簡單。」

「——」

黑崎的告白讓我倒吸一口氣。

也許我該阻止他，也許我該說點什麼。

但我只是默默站在那裡。

「我說我因為過勞而死也是騙人的，我才沒有死得那麼漂亮。我在超市偷了酒，然後喝醉，迷迷糊糊不知道走去哪裡，當我回過神時，發現自己從車站的月台跌到鐵軌上。我死到臨頭，都造成別人的困擾。」

「還不止這樣。我不是說自己曾經開過公司嗎？這件事是真的，但真相是一個搞不清楚狀況的傻瓜開了家公司，結果一年不到就欠了一屁股債，公司也倒閉了。什麼毅力，什麼氣勢，真是在說鬼話，考慮這種問題時就已經輸了。」

「所有的一切都是謊話，我的人生全都是謊言。高級車也是騙人的，女人的事也是騙人的，朋友的事當然也是騙人。我從小就沒有朋友。這也是理所當然的事，因為我不知道因為自私而說了多少次謊。向別人借了錢就避不見面，失去了一個又一個朋友。用謊言堆砌的空洞人生就是我的終點站，真是一場笑話。」

「我說我丟了信也是騙人的，不過他那時候還不到五歲，認真寫信給我這件事是真的。這是我唯一的回憶，但之前在這片河岸被一群小流氓糾纏，結果他們搶走了我的皮夾。幾天之後，我就死了。人生最後的回憶竟然是這件事，和我這個人太相配了。」

他自嘲地說。

黑崎一口氣說完之後，露出虛脫的笑容。

不知道那是代表懊惱還是無奈。

我只知道黑崎在那一剎那終於放棄了。

「算了，就到此為止吧，真的很對不起你們。」

「別這麼說。」

我是不是慌了手腳？

我必須說點什麼，不能就這樣結束。

明明是我扣下了扳機，但我努力想把黑崎繼續留在這個世界，我認為絕對不能就這樣結束。

這種想法帶來更大的後悔。

「等一下，請等一下，我會更認真找，所以我們再努力一次，不要輕言放棄，再重新找一次。」

「沒關係，你做得很好。你剛才不是也說了嗎？原本就不可能找到那封信，真的給你們添麻煩了。」

「等一下，那至少要找你兒子。你其實很想見他吧？只要使用你的能力，一定可以找到他，我們會協助你。」

「謝謝你，但還是算了，我不想見到我兒子，這是我的真心話。」

「……呃！那至少要以牙還牙！要好好教訓那幾個把你害得這麼慘的小流氓！要找出他們，然後送去警察局！」

「算了，不管怎麼說，都是我兒子。」

「啊？」

火滅了。燈熄了。

可以清楚感受到落幕的時間將近。

黑崎說出了最後的秘密。

在他成為『死者』後一個月左右，黑崎遇到了曾經攻擊他的那幾個小流氓，對方也認出他，嘻皮笑臉地走過來。

這時，他看到了。

他看到帶頭的那個男孩的臉上，浮現出太太的姓氏和熟悉的名字。

「為什麼會這樣？我真的搞不懂，我這半年到底在幹什麼，即使找到了信，也無法再回到從前。其實昨天你們離開之後，我又看到我兒子了，他們走向一個看起來很老實的老人恐嚇他。我立刻躲起來，並不是不想見他，說起來很沒出息，我只是感到害怕。但是，即使這樣，我仍然沒有忘記，在收到他給我的信那一天，我們絕對是家人。那一天，我們一起去釣魚。我給他一支釣竿，結果有一條大魚上了鉤，我們一起用力拉起來。如果那時候我努力守護這份幸福，應該會有不一樣的未來。現在我已經死了，永遠都等不到這樣的未來，即使向我老婆、兒子道歉，傷停時間結束之後，也無法留下任何東西。所以我努力相信，即使是這樣荒唐的人生，也一定有某種意義。我相信只要看到那封信，一定可以回想起來。雖然明知道根本不可能找到那封信。」

黑崎說完最後的後悔之後，輕輕笑了笑說：「真是累壞了。」

那是吹熄生命的柔弱笑容。

「妹仔，我要走了，妳自己也很辛苦，謝謝妳幫了我這麼多。」

「辛苦了。」

花森深深地鞠躬，黑崎向她揮揮手，轉身離開。

他走向空無一人的河岸，融入了沒有月光的黑夜。

他的背影隱入黑暗中消失，再也看不到了。

結束了。花森靜靜地嘀咕。

我摸著口袋，那個贈品的公仔不見了。

除了我們以外，他從所有人的記憶中消失。殘酷的傷停時間就在這一刻畫上句點。

所有的一切都結束了。

不知道這樣過了多久。

我們坐在草地上沉默很久，好像在逃避什麼。

空虛、悲傷和無盡的悔恨在內心翻騰。

我突然開口說：

「我覺得不像是拋開罣礙，更像是心灰意冷。」

「是啊。」

花森在離我幾步的地方用和平時無異的聲音回答。

她的聲音一如往常的開朗。雖然我看不到她的表情，但我猜想她臉上的表情也是如此。

我忍不住想要抓住她這種在任何時候都不失堅強的燦爛。

「妳覺得我為什麼老是犯相同的錯誤？」

我小聲問道，然後發現我這個人真的很勢利眼，之前還覺得花森很討厭，在自己走投無路時，卻想要巴著她。

「我早就知道，重要的東西總是要在失去之後才會發現。我的人生曾經很燦爛，在失去之後，才終於瞭解其中的價值，所以我當時就下定決心，再也不會犯相同的錯。我還來不及對朝月說很重要的話，就失去了她。我很後悔，我一直在後悔，但現在還是陷入後悔。為什麼沒有更努力找那封信，甚至沒有問他在找什麼樣的皮夾，因為我從一開始就不想找。」

我無法停止。無法停止內心的後悔。

我明明是個沒有眼淚、薄情寡義的人，但內心的後悔不斷湧現。

「我原本覺得無所謂，只是不想忘記朝月，所以繼續打這份工。我犯了無可挽回的錯誤。如果不是我，而是一個更像樣的人在這裡，應該就不會發生這種事了。」

我垂頭喪氣抱著頭。月亮不見蹤影，不知道躲去哪裡了。

只有陰鬱的雲在責備我，只有黑夜籠罩著我。

我痛苦不已，難過得想要吐。我為自己毫無成長感到懊惱。

懊惱、懊惱、懊惱不已。

太陽慢慢靠近我。花森翩然在我身旁坐下。

她總是陪伴在我身旁。

「別擔心，你完成了死神的工作。」

「啊——」

花森看著我的眼睛，溫柔地對我說。

奇怪的是，以前覺得她很麻煩的感覺全都消失了。

我在她身上感受到一種和朝月不同的平靜。

「你剛才說，看起來像是心灰意冷。我認為你說得沒錯，之前我曾經對你說，『死者』放下罣礙離開這個世界，但其實不光是黑崎先生，大家最後都放棄了。雖然在傷停時間內拚命掙扎，但最後放棄了自己的人生，就像黑崎先生那樣，覺得一切都算了。」

我看著花森的臉，她仰頭看著月亮。

看著應該在雲層後方發光的月亮。

我終於知道。

花森比我看過更多死亡。

「傷停時間很殘酷，因為無法逃避死亡的命運，無論再怎麼掙扎，都無法留在任何人的記憶中。只能面對無法放下的罣礙，思考自己走過的人生到底為了什麼，上天很殘酷，給了這些死去的人這種不合理的時間。」

花森用讓人百聽不厭的溫柔音色繼續說道。

「但是，正因為這樣，我們才有存在的意義。」

「意義？」

她用力點點頭。

我覺得她的笑容很夢幻。

「無法留下任何東西，也無法留在任何人的記憶中，正因為傷停時間是這種沒有意義的時間，所以才能痛苦地面對自己，必須徹底面對至今為止充滿悔恨的人生。這是很痛苦、殘酷的時間，但是，無論是怎樣的人生，都一定曾經有過幸福的時光。雖然最後可能失去了這份幸福，但如果可以回想起曾經真真切切地擁有幸福——我相信這是比放下罣礙更重要的事。黑崎先生發現曾經的幸福，所以踏上前往那個世界的旅程，你協助了他，完全沒有問題。」

「……」

我豎耳細聽花森的聲音。

宛如從遙遠的世界傳來的聲音。

「我什麼都沒做。」

「你陪著他一起找信。」

「最後並沒有找到。」

「但你到今天為止都沒有放棄。」

花森強烈肯定我，好像無法接受我陷入自我厭惡。奇怪的是，我覺得她這些話發自內心。

我思考著花森所說的話代表的意義。

是這樣嗎？老實說，我無法充分理解。

這樣真的好嗎？花森身為死神，曾經接觸過比我更多死亡，也許是因為這個原因，所以才能夠得出這樣的結論，但我還看不見，所以搞不懂，什麼都搞不懂。

但是，即使是這樣。

如果真的如花森所說，我是不是完成了自己該做的事？

我回想起和朝月共處的那個夜晚。

不知道她對和我之間的最後時光有什麼感想。

不知道她怎麼想。

「……」

事後回想起來。

當時內心的想法，成為面對日後即將發生的命運，和其奮戰的基礎。

我對自己的決心更加堅定。

「我決定了。」

「嗯？」

「我會繼續打這份工。」

「是嗎？」

「下次一定會好好做。」

「嗯，好啊。」

我把之前也曾經說過的話告訴了花森。

我不知道黑崎是不是真的和自己的人生和解了。

我不知道黑崎在踏上旅程時是否真的接受了命運。

但是，我至少知道一件事。

「沒有人會記得找信的黑崎先生，他的兒子也不會知道他的想法，既然這樣，我至少必須從黑崎先生的傷停時間中汲取經驗教訓，否則，黑崎先生的傷停時間就真的變得毫無意義了，絕對不能讓這種事發生。」

「嗯。」

我說了好幾次，我真的不知道。

雖然花森剛才那麼說，但我還是不認為黑崎接受了。也許有朝一日會這麼認為，但至少我現在不知道。既然這樣，我所能做的只有一件事。

那就是不要忘記黑崎的事，然後以那裡為起點向前邁進。

然後，只要繼續和『死者』打交道，也許有朝一日，就可以瞭解。

也許有朝一日，就可以看到隱藏在雲層後方，朝月最後的真相。

「在你打工期滿之後，會完全忘了所有這些事。」

「我知道，即使這樣，我還是想要這麼做，希望可以做到。」

「喔？希望可以做到嗎？呵呵呵，這樣很棒啊。」

花森輕快地笑起來，我也跟著笑起來。

我覺得好像很久沒有正視她的眼睛了，一直躲避的那雙眼睛閃閃發亮。人真的很不可思議，原本覺得很討厭的那雙眼睛，如今竟然會有完全不同的感覺。

而且，我們好像也很久沒有像這樣說話了。

「呵呵呵。」

「嗯？怎麼了？」

「沒事，只是我覺得你果然喜歡我。」

「什麼？」

等一下。不，真的等一下。

妳突然說什麼？

「等一下，妳為什麼會得出這樣的結論？」

「因為我知道啊，我知道你想和我在一起，所以決定繼續打這份工。」

「我根本沒這麼說。」

「呵呵呵，即使你不說，名偵探也知道。你都寫在臉上了，啊，真是罪過。」

「我才沒有寫在臉上。」

「明明有，我都看得出來。」

「我根本沒有，妳倒是看清楚。」

「我看看，我看看。」

「喂！妳也靠太近了！」

她調皮的臉突然湊到我面前，近得幾乎可以接吻了，我忍不住紅了臉。

花森見狀，哈哈大笑起來。我也跟著苦笑起來。

我覺得肩膀變輕鬆了。

心情好久沒有這麼輕鬆了。

不知道是否因為這個原因。

這也許就是所謂的一時鬼迷心竅。

當我回過神時，發現自己問了一直忘了問的問題。

「花森，我問妳。」

「嗯？」

「妳為什麼會做這個工作？」

一陣溫柔的沉默，不可思議的是，我在她的臉上找到了安心。

我一直很想知道，花森為什麼會做這個工作？

她看起來不像有什麼困難，也不像是人生很糟糕。她總是班上的風雲人物，很受大家的歡迎，但她是如假包換的死神。

為什麼？到底為什麼？這個疑問始終在我心裡揮之不去。

「我嗎？嗯，是啊，到底是為什麼呢？我並不缺錢，也沒有特別喜歡這個工作。嗯，我想應該是……」

她露出溫柔的笑容說道。

好像對著遙遠的世界說。

「應該是我有一個無論如何都想實現的願望。無論如何、無論如何都要實現。」

「是嗎？」

這是我第一次想要多瞭解花森。

沒有月亮的夜晚，只有星星在吵鬧。那是一個熱鬧的夜晚。

花森並沒有告訴我她的願望。

奇怪的是，我並不想知道。也許是我感覺到以後會知道，我確信這一天會出現在這個夜晚的某個地方。

在這個可愛夜晚的某個地方。

第三章　無償的愛

雖然是暑假，但我之前都沒有愉快的回憶。

以前踢足球的時候，只覺得暑假很熱；腿受傷後，就只有羨慕其他人。

從這個角度來說，今年的暑假算是很充實。

因為我和班上的頭號美女穿著泳裝在玩。

「啊哈哈！佐倉，水很涼，很舒服喔！」

「是嗎？真是太好了。」

花森開心地大聲嚷嚷，我坐在泳池邊回答，掌心感受著泳池畔獨特的感覺和熱量，強烈地感受著夏天。

今天。

暑假已經過了四天，我和花森來到市民游泳池。

周圍到處都是人、人、人潮，歡快的音樂中夾雜著孩子的歡笑聲，旁邊的遊樂園傳來雲霄飛車的轟隆聲，完全就是暑假的吵鬧聲。

我也搞不懂自己為什麼會在這裡。

我只記得昨晚突然接到了電話。

『呀呼，佐倉，我媽媽給了我游泳池的門票，要不要一起去？』

『啊？為什麼？那就一起去吧。』

『哈哈，原來你在害羞。』

『我懂了，我懂了，你看到女生穿泳裝會害羞。』

『你這種地方果然……喔喔，我就不繼續說下去了，嗚呵呵。』

誰能夠責備我因此動怒？只不過一生氣就失策了。

雖然我想不起之後的對話，只知道當我回過神時，聽到她說『我很期待喔』，然後今天就出現在這裡。我在酷暑中出門，花了兩天的薪水買泳褲，然後就跟著她來到這裡。我有一種受騙上當的感覺。我好像很容易被女生吃定。

但我也發現已經漸漸習慣這樣的自己。

因為沒有死神的工作時就可以休假，所以花森這幾天閒得發慌，整天帶著我去這裡、跑那裡，我簡直變成了忙著應酬的上班族。我徹底認識到真的是黑心企業。

「夏天就是少不了泳池和章魚燒。佐倉，你也來玩啊。」

身穿泳衣的花森完全無法體會我的想法，開心地泡在水裡。我在泳池邊發呆，思考著章魚燒和夏天有什麼關係？

我這麼做並沒有什麼特別的意義。

硬要說的話，就是我想在夏日的陽光下陷入沉思。

「今天送走黑崎滿一個星期了。」

我幽幽地說，回想著自己最近的生活。

在黑崎消失的那一天，我再次下定決心，要繼續做這份工作。

雖然有很多理由，但最大的理由就是為了向黑崎贖罪。

雖然花森那樣安慰我，但我還是覺得自己犯下了無可挽回的錯誤。不知道是否因為這個原因，為了不讓黑崎的傷停時間白白浪費，我強烈地下定決心，要認真做好這份工作。

於是，我決定暫時放下朝月的事。

我當然沒有放棄瞭解真相，也沒有克服在開始打工半年後的十二月下旬，會失去所有記憶的恐懼。即使如此，在回想那天晚上的事時，我發現了一件事，那就是她的確露出了笑容。

黑崎離開這個世界時，花森說，『死者』並沒有放下罣礙，最後都放棄了，在這個基礎上努力尋找已經結束的人生到底有什麼意義。如果這是事實，朝月應該也找到了她人生的意義，我希望瞭解，她認為自己的人生意義是什麼。

雖然目前毫無頭緒，但我相信只要藉由這份工作持續和『死者』接觸，有朝一日，就會找到答案，所以這算是有意義的擱置。

（還有另一個問題。）

雖然變得很順便，但我再次意識到當初促使我接這個工作的原因——存五萬圓的目標。

我不知道任何願望都可以實現的承諾有幾分真實性，但我的確存到了錢。這一個月，我已經存了一萬五千圓。按照這個速度，我應該能夠達到目標。我可以用這筆錢了斷過去的一件事。我再度堅定了這個決心。

囉哩吧嗦說了一大堆，但這幾天我終於整理出一個頭緒。雖然繞了遠路，但我的決心很堅定。

因為我坦率地發誓，絕對不要再後悔。

「佐倉，我不是叫你一起來游泳嗎？」

「喔喔，不好意思。」

花森的聲音把我拉回現實。

她不知道什麼時候回到了池邊，穿著款式大膽的兩件式泳裝低頭看著我。不知道是因為她滴著水的皮膚，還是令人忍不住看得出了神的五官，我可以感受到周圍人的目光都集中在她身上。我瞇起眼睛，沉默不語。

我和花森最近關係良好。

以前曾經因為我的胡鬧，所以我們無法好好說話，如今已經恢復了正常的關係。花森任何時候都是開朗快活的少女，關鍵只是我的態度而已。這麼一想，就覺得無地自容，忍不住稍微反省了一下。

但是——

有一點必須聲明，雖然我們的關係改善了，但我們之間並沒有戀愛的感覺。

我們整天形影不離，似乎招致了誤會。花森不懷好意地笑著對我說：「最近班上的同學好像都在討論我們。」但這種事真的無關緊要。因為我們並沒有真的交往，而且我和她之間只是死神同事這種奇妙的關係。不知道該怎麼形容我和她之間的關係，但反正不是大家想的那樣。

惡友？孽緣？

雖然我想不到可以貼切形容我和她之間關係的詞彙，但我們之間有一種共享秘密的舒適。畢竟她是班上首屈一指的美女，當她身穿泳裝站在我旁邊，我也無法心如止水。但還是不一樣，我和花森——

「看招！」

「嗚哇！？」

我才想到一半，思考時間突然結束。

理由很簡單，因為我被踢下水。

我再重複一次，因為我被踢下水。

「佐倉，你也太呆了，被我甩了有這麼難過嗎？」

「啊？」

我的腦袋露出水面，花森這句莫名其妙的話讓我大吃一驚。

但我很快就感到後悔，我沒時間驚訝，應該趕快讓她閉嘴。

「我知道啦，男生都夢想可以和可愛的女生一起度過美好的夏天。」

「但是真的對不起啦，我拒絕了你的告白，因為我覺得都什麼年代，寫情書也未免太落伍了。」

「但是但是，我這不是和你約會作為補償嗎？你跪著求我說，只此一次，下不為例，我當然也不好意思拒絕你。」

「所以呢，我說佐倉啊，你就好好記住我穿泳裝的樣子，靠這份回憶撐過這個寂寞的夏天！」

「……」

……這種程度的惡搞對花森來說是家常便飯，雖然她捏造得有點過分，但我已經習以為常了。

問題在於她在眾目睽睽之下說這些話。

果然不出所料，旁邊的男生對我說「加油喔」，女大學生則是偷笑。

花森！我要更正剛才的發言，我非但對妳沒有任何戀愛感覺，妳根本是我的敵人。

大敵當前，該做的當然只有一件事。

「看我的！妳去死吧！」

「噢噗！？啊哈哈！死佐倉！」

我用水潑花森，水都潑到她的臉上，她慘叫一聲。我才在慶幸她活該，就挨了她的一記飛身踢。她的腿功也太厲害了。

「禁止跳水！」救生員懶洋洋地叫了一聲，我沉入水中，根本無暇顧及。救生員，你拿的時薪比我高，不能稍微有點精神嗎？我腦海中浮現這句話，但同時興奮起來，今天要徹底玩個痛快。

「花森，妳死定了！」

「呵呵呵，弱雞佐倉有辦法抓到我嗎？」

「那我就來展現一下以前踢足球時飛毛腿前鋒的實力。」

「那我們來玩鬼抓人，只要碰到對方胸部就換人。好，開始。」

「啊啊……啊啊啊？！」

「佐倉，你怎麼了？為什麼臉這麼紅？嘻嘻嘻嘻。」

「妳這傢伙。」

在周圍嘲笑下開始的鬼抓人，當然從頭到尾都是我當鬼。

盛夏的太陽無比刺眼。

我們一直玩到太陽快下山，回家的路上，有一種游完泳後獨特的輕飄飄感覺，舒服的倦意讓我差點在公車上睡著了。

走下公車，怔怔地走在街上時，我隨口問花森：

「下一個任務呢？」

「目前還沒有接到指示，這一點我無能為力。」

「沒想到我才決定要好好做事，竟然就這樣。我們不能主動找『死者』嗎？」

「啊哈哈，不行啦，因為我們沒有方法可以找到他們。」

聽了花森的回答，我忍不住納悶，到底是哪裡的誰在下達指示？

雖然思考這種問題也不會有答案，但還是很在意在這個世界創造出神奇的存在。

「只不過——」花森說了讓我很有興趣的事，「雖然我們無法找到『死者』，但我之前曾經聽說，『死者』可以找到彼此。」

「是這樣嗎？」

「比方說，」花森停下了腳步，伸手一指，「那是我和你搭檔之前的事，我和由我負責的『死者』走在這裡，結果那個人對我說：『有人和我一樣，他也是「死者」。』他一直都在這裡，至今仍然沒有啟程去那個世界。」

「……是喔。」

我順著花森手指的方向看去，有一名少年站在路旁。

少年看起來十歲左右，手上抱了一個舊足球，眼神空洞地注視著地面。他應該一直都在那裡，但他一動也不動，所以在花森提到之前，我完全沒有發現他的存在。這麼熱的天氣，沒有躲去陰涼處，渾身散發一種難以形容的寂寥。

（他年紀那麼小就死了嗎？）

雖然我不瞭解詳細的情況，但聽花森說，他至今仍然沒有放下罣礙，所以一直佇立在那裡。我不知道那名少年有怎樣的罣礙，但不難想像他陷入了悲慘的傷停時間。我感到有點呼吸急促，早知道不該看這一幕。

「不用管他嗎？」

「因為由其他死神負責，所以我們不要打擾他。」

「不是該幫助他嗎？」

「嗯，我能夠理解你的心情，但還是別這麼做。因為我聽說不同的死神負責不同的區域和不同的『死者』類型。」

雖然我無法接受她的答案，但既然她已經這麼說，我就不便多說什麼，只能嘀咕一句「是喔」，然後轉身離開了。

我忍不住思考，這個世界上到底有多少『死者』？

我猜想這個世界上到處都有『死者』，人數應該比我想像中多很多，每個『死者』都活在傷停時間內。這意味著我們也在不知不覺中遇見『死者』，活在他們的傷停時間內。

在不知不覺中遇見『死者』，然後忘卻和他們相處的記憶。

我也像朝月的朋友一樣，忘記了某個人的最後時光嗎？一旦這麼想，就覺得這個世界簡直空虛透頂。傷停時間為了什麼目的而存在？我百思不得其解。

「佐倉，今天謝謝你陪我玩，和你在一起很開心。改天見。」

「好，改天見。」

來到我們必須分道揚鑣的路口時，花森向我揮手，我也跟著揮手。我覺得這樣有點像男女朋友，忍不住害羞起來。花森因為外表是個美女，所以總是會意識到她是女生這件事，她穿了一件夏天的無袖薄襯衫更讓我強烈意識到這一點。

於是我們今天就各自回家。

因為是假日，所以沒有收入，而且因為買了泳褲，反而是赤字，但和花森共度的時光還不壞，我並沒有感到不滿。

回到公寓，在用鑰匙開門時深呼吸。

我移開視線，用右手摸信箱，今天信箱裡也空無一物。

我輕嘆一聲走進了房間。我還要做多少次同樣的動作？

因為皮膚曬了一天，所以這天沖澡時簡直就像地獄。

暑假後的第二個任務讓我深刻體會到傷停時間的意義。

同時也成為我面對過去的重要契機。

無所事事地繼續過了兩天之後，事態終於有所進展。

一早接到花森的電話後，就開始執行下一次的任務。

「謝謝你們特地前來，我叫廣岡加奈，這是我的兒子智明，請多指教。」

那是接到花森電話的隔天午後。

颱風正從南方靠近，但對這一帶並沒有造成影響。

我們來到一棟大廈的其中一間。

「廣岡太太，妳好，他就是我昨天向妳提過的佐倉。」

「我叫佐倉真司，請多指教。」

開門迎接我們的是一個很普通的女人。

她的年紀不到三十歲，臉上的笑容很平靜，再加上說話輕聲細語，感覺是一個溫柔的人。她手上抱了一個大約四個月左右的嬰兒，更增添溫暖的感覺，祥和的氣氛讓我幾乎忘記眼前這個女人是『死者』。

「我先聲明一句，我漸漸不知道該怎麼結束傷停時間了，兩位請進。」

廣岡太太為難地笑笑之後，請我們進屋。

聽說已經有其他死神向她說明了傷停時間，因為那個死神無法解決她的罣礙，所以由我們兩人接手。花森昨天已經來過這裡向她說明情況，之所以沒有邀我同行，是因為對方是女人，希望可以減少她第一次見面時的心理壓力。

這份工作沒有所謂的交接，只會接到今天開始負責哪一個人的指示，所以花森昨天向廣岡太太瞭解了她的情況，今天由廣岡太太再次向我說明。

我接過紅茶，認真地聽她說明。

「要從哪裡開始說呢？我的人生無可救藥。」

「……」

「呵呵呵，沒有什麼驚天動地的事，你可以放輕鬆。」

「啊，喔，對不起。」

「佐倉，你被美女包圍，所以太緊張了。不可以對結了婚的女人動心。」

「妳真的別再亂說了。」

而且花森這傢伙竟然偷偷把自己歸類為美女。

雖然我忍不住臉紅，但廣岡太太噗哧笑起來，讓我放鬆了心情。

雖然很不甘願，但還是要感謝花森吐槽我。

「我們家的人都不太幸福，父母很早就去世了，親戚之間的關係也都斷了，我一直過著孤獨無依的生活。」

她開始訴說的人生讓人於心不忍。

「我從小就體弱多病，經常住院，斷斷續續做了不少低薪的工作。那時候我經常納悶，自己活在世界上到底為了什麼，直到有一天，遇見我老公之後，人生發生變化。」

她在熟人的介紹下認識的對象是呼吸胸腔科的醫生。

他在一家大型綜合醫院上班，收入穩定，最重要的是他個性溫柔穩重，廣岡太太深受吸引，他們在交往半年後結了婚。廣岡太太如願懷孕後，身處幸福的顛峰。

但是——

「事情發生在即將進入分娩期的時候。」

胎盤早期剝離。

這就是奪走廣岡太太生命的疾病。

「因為我從小體弱多病，所以知道生孩子會造成很大的風險，醫生也很擔心我的健康狀況，但我無論如何都想要生孩子，因為我希望在天堂的爸爸、媽媽可以看看孫子，所以即使症狀發生時，我仍然強烈希望生下孩子，我做好了心理準備挑戰分娩。雖然做好了心理準備，雖然做好了……」

她沒想到自己會變成『死者』。

廣岡太太困惑地笑笑。

「佐倉，因為這個原因，所以讓廣岡太太的罣礙變得有點麻煩。」

「變得有點麻煩？」

「對，我的罣礙是想知道我兒子到底有沒有平安生下來。」

「啊？」

我驚訝不已，廣岡太太向我說明。

她在即將分娩時出現症狀，和醫生討論之後，決定剖腹產。

但是，她在分娩時去世了。

不知道幸運還是不幸，她變成了『死者』，進入傷停時間，在傷停時間的虛假歷史中，手術成功，嬰兒也順利生下來。

所以廣岡太太無法得知原本的歷史中，嬰兒是否平安地生下來。

「在傷停時間中，母子都很健康，但我不知道一旦傷停時間結束，我兒子會怎麼樣。胎盤早期剝離造成的嬰兒死亡率可能會超過五成，在思考這個問題時，我發現我的罣礙就是想知道是否平安地生下兒子。」

「喔……」

「呵呵，佐倉先生，對不起，我提出這種難題。」

「不，沒這回事。」

我慌忙掩飾，但她猜對了，我內心的確覺得這根本是不可能做到的難題。

在傷停時間內，無法瞭解原本的歷史是怎樣的情況，所以這會成為她絕對無法放下的罣礙，難怪前任死神放棄了。

「佐倉，你覺得怎麼樣？有沒有想到什麼點子？」

「點子喔。」

瞭解眼前的現狀之後，我和花森討論了一下，交換意見。老實說，我認為不可能有答案，這麼做只是為了在廣岡太太面前表現出積極的態度。

時間慢慢過去，果然想不出什麼辦法。

不一會兒，原本熟睡的嬰兒——小智開始哭鬧，結果陷入混亂。在廣岡太太泡牛奶時，必須由我哄嬰兒，而且我有生以來第一次抱孩子，當然不可能有模有樣。廣岡太太看著我們，露出微笑。

天色慢慢暗下來後，我們就先告辭了。因為她並沒有告訴她先生實情，所以要避免遇到她先生。

「啊！」

準備離開時，我才想到忘了問重要的事。

「廣岡太太，如果妳不介意，可以告訴我妳身為死者的能力是什麼嗎？」

死者的能力是『死者』瞭解自己的罣礙，解決罣礙的最大提示。

因為剛才忘了問這個重要的問題，所以我在玄關時轉頭問道。

「對了，我還沒有告訴你。我的能力是只要聽別人的聲音，就可以識破那個人的謊言。我昨天也示範給花森小姐看過了。」

「……這樣啊。」

這是直覺嗎？這時，我覺得有哪裡不太對勁。

但在我想清楚到底哪裡不對勁之前，花森就多嘴地問：

「所以，佐倉被告，你打算臨走之前實驗一下嗎？」

「實驗什麼？不必了。而且我為什麼變成了被告？」

「我無論問什麼問題，你都要用否認的方式回答。廣岡太太，如果他說謊，請妳搖頭。」

「我不是說了不必嗎？」

「第一個問題！」

「喂！」

「呵呵呵。」

花森利用廣岡太太的善良，自顧自開始了訊問大會。

真受不了這傢伙。

「那先小試身手一下。你喜歡花森嗎？」

「這哪是小試身手，根本是直球對決。」

「可以認為你是因為害羞所以不想回答這個問題嗎？」

「怎麼可能有這種事？我的回答是『不喜歡』，『不喜歡』。」

花森看向廣岡太太，廣岡太太點點頭。

所以並不是說謊。這是理所當然的事，因為我和她之間並沒有戀愛的感情。

「是喔……所以你喜歡結過婚的女生嗎？」

「我不是叫妳別亂開玩笑嗎？」

「第二題！接下來的問題也只是小試身手，你喜歡巨乳嗎？」

「這根本是直拳！」

「可以認為這個回答代表你害羞不想回答嗎？」

「不是！這也是『不喜歡』。」

花森再度看向廣岡太太。廣岡太太低著頭，肩膀微微抖動。

不不不，等一下，這個反應是什麼意思？

「啊呀，佐倉，你果然是男生啊。」

「不不不，等一下、等一下，不是這樣。不是還在審議嗎？」

「難怪上次去游泳時……算了，我就不繼續說下去了。」

「我真的生氣了，妳別再亂說！」

「那我就說嘍！有一個穿比基尼的姊姊，你一直偷瞄她，對不對？」

「『不對』！」

「呵……呵呵。」

「廣岡太太，拜託妳，請妳點頭。」

我們吵吵嚷嚷，結果小智又開始哭鬧，這次我們真的告辭了。廣岡太太在臨別時笑著說「你們的感情真好」，我真的很想向她訴苦。

花森在回程的電車上始終笑彎了腰，我一路忍不住罵她，總算結束這一天的工作。回到家，打開家門，再次深呼吸，確認信箱裡沒有東西後，嘆著氣脫下鞋子。

累死了，真的累死了。

我決定上床睡覺。這一天沖澡時也有點身處地獄的感覺。

夜靜靜地越來越深。

隔天——

心情煥然一新之後，我想到了不合理的地方。

「說謊？」

「對。」

暑假之後，花森每天中午過後就來找我。我從她手上接過一千兩百圓，無論提早上班或是加班，都堅持只付四個小時薪水的工作反而讓我感到輕鬆。我在附近的家庭餐廳和花森討論。

「妳之前對我說，死者的能力和他們的罣礙有關。我認為識破謊言的能力和想要知道她兒子是否平安出生的罣礙不相符。」

「嗯嗯，你說的有道理。」

我喝了可樂潤喉後繼續說下去。

我看不到死者的能力和罣礙之間的交集，也就是說，廣岡太太對她的死者能力和她的罣礙，很可能有其中一項說謊。

昨天實際測試她的能力時，因為花森的關係，所以沒有得到明確的結果，但花森說，在前天進行的實驗中，她的確具備識破謊言的能力。可以使用消去法推理出她說的罣礙是謊言。

「有道理，就像你說的，的確不太吻合。原來是這樣，她的罣礙是謊言。」

花森咬著吸管陷入沉思，我好奇地問她：

「妳至今為止看過哪些死者的能力？」

「嗯？五花八門啊，有人不用手，就可以移動物品，還有可以洞悉別人過去的能力。」

我聽著花森的回答，很想順便問她從什麼時候開始當死神，但後來改變主意，決定下次再問。

「還有很厲害的能力，可以把碰到的東西都變成透明，還可以讓天空下雨。」

「喔，這還真厲害。」

「我所知道最厲害的能力，就是可以讓時間停止，可以停止自己以外的時間，在時間停止的世界中，只要碰某一個人，就可以解除那個人停止的時間。」

「是喔，真的假的！」

意想不到的神奇力量令我嘆為觀止。

我看到的都是一些很普通的能力，但這個世界上似乎有各式各樣不同的能力。

「雖然有各種不同的能力，但每個『死者』的能力都和他們的罣礙有關，所以你認為廣岡太太的罣礙是說謊的推理應該正確，因為兩者顯然沒有關係。」

我點頭聽著花森說的話的同時思考著。

根據目前瞭解的這些狀況判斷，已經可以確定廣岡太太針對罣礙一事說謊，她真正的罣礙是什麼？識破謊言的能力正是瞭解這件事的線索，但目前所掌握的線索太少了。陷入瓶頸了嗎？我喝著可樂，小聲嘀咕著。

（……）

就在這時——

雖然陷入瓶頸，但我有一種好像哪裡有問題的感覺。

那到底是什麼？老實說，我也不是很清楚。

雖然我不太清楚，但廣岡太太的身影和我內心的某些東西重疊在一起，讓我覺得需要好好思考。

不知道是否因為產生這樣的想法，我對花森說：

「花森，這次的工作可不可以由我主導？」

「嗯？好啊，為什麼突然提出這樣的要求？」

「也沒有特別的原因，因為我想好好處理這次的工作。」

「你這麼說，就代表你之前都沒有好好處理。」

「對啊，正因為這樣，所以這次才要好好處理。」

我已經能夠鎮定自若地回應花森的調侃。

「是喔。」花森聽了我的宣言，微笑著點點頭。

她笑容中的堅定帶給我勇氣。

「嗯，好吧，既然這樣，那我就全力支持你。佐倉隊員，我們一起加油。」

「好！」

花森像男生一樣舉起拳頭，我用右手和她擊拳。

雖然有了雄心壯志，但我們並沒有任何策略。

所以我們決定先從閒聊中找線索。

接下來的幾天，我們每天去廣岡太太家，但並沒有做特別的事，只是逗小智玩。我們對廣岡太太說，希望藉由這種方式尋找一點頭緒。原本擔心這種行為對必須照顧幼兒的她來說是一種負擔，沒想到我們多慮了。

「很希望你們每天都來，你們光是幫我抱一抱小智，就減輕了我不少負擔。」

我們深刻體會到照顧嬰兒多累人，所以知道她這句話並不是客套。

嬰兒真的是張口閉口都在哭。

想要人抱時就哭，肚子餓也哭，天色暗下來時也要哭。

雖然只要小智一哭就會抱在手上，但要安撫將近八公斤的小孩，需要耗費不少力氣。廣岡太太似乎得了手部肌腱腱鞘炎，手腕上纏著繃帶。這麼一想就知道，只要有人幫忙抱小孩，真的可以減輕她的負擔。我幫忙抱小孩抱得很累時，體會到這一點。

「小智，你看好嘍。不見了，不見了，哇！」

「他根本沒看妳。」

即使花森拚命逗小智，他看都不看花森一眼，更不要說我了。

小智哭鬧不已，我們完全束手無策。

「小智，哥哥、姊姊在陪你玩啊。」

「啊，他笑了。」

廣岡太太實在太了不起了。

小智只要看到她的臉，就會露出笑容。

「我的興趣是做手工藝，他每次看到我編織的這個娃娃就很高興。」

「原來小智喜歡鳥，呵呵呵，好可愛啊。」

當他哭鬧不已時，就會用廣岡太太親手製作的燕子娃娃放在他的頭上逗他。

小智看到娃娃，就馬上閉上嘴，目不轉睛地看著娃娃，接著伸出雙手，做出好像拍翅膀的動作，然後就會發出笑聲。每次看到這一幕，就會想到「母愛很偉大」這句話。

今天也沒有發現任何線索，就到了必須告辭的時間。

沒想到在道別時的閒聊時意外得到線索。

「小智，明天見。哥哥和姊姊要在你爸爸回家之前就閃人，你千萬不能告訴爸爸，有美女姊姊來家裡喔。」

花森對小智說。

廣岡太太輕輕笑起來。

「他今天應該也會很晚才回家，如果你們不介意，可以晚一點再走，小智應該會很高興。」

「不，不好意思打擾這麼久，而且萬一碰到妳先生，解釋起來會很麻煩。」

「會嗎？我覺得他根本不在意。」

我聽了廣岡太太的回答說不出話，廣岡太太立刻露出驚訝的表情。

她發現自己說錯話了嗎？

「不好意思，請你忘了我剛才說的話，沒事，我老公說他很愛我。」

「……是。」

這足以成為線索。

「所以，你認為她老公外遇嗎？」

「雖然不知道是不是外遇，但我猜八九不離十。」

那天晚上是夏季繁星開舞會的時段。

我們從車站走路回家，討論著今天得到的線索。

根據我的推理，廣岡夫婦感情和睦，但廣岡太太在獲得死者的能力之後，發現了丈夫的謊言，因而產生不滿。

「嗯嗯，如果是這樣，不知道和罣礙有什麼關係。」

「這就是我們接下來要調查的內容。」

夫妻。外遇。調查。

我們討論的字眼也越來越複雜。

不知道花森是否瞭解我的心情，她突然問我：

「佐倉，你家有父母外遇之類的事嗎？」

「嗯？妳問我家嗎？」

她明明知道我家的狀況，還問我這種問題，未免問得太深入。

只不過我現在並不會覺得不舒服，因為我們之間已經是可以輕鬆討論這種事的關係。

我仰望著夜空，淡淡地回答：

「我家倒是沒有這種情況。雖然我爸小有名氣，但他並不會在外面拈花惹草。我媽雖然年輕活潑，但也從來沒有和別人搞曖昧。」

之前周刊雜誌曾經爆料某議員在外面有紅粉知己，那個議員大言不慚地說：「政治家有情婦才算是一號人物。」結果被媒體罵到臭頭，我媽每次看到這則新聞就笑我爸說：「難怪你到現在還不算是一號人物。」

我父母的感情很好，他們可以開這種玩笑。

「原來你媽媽很年輕。」

「她在二十歲時生了我。」

「好年輕！」

「是不是？我爸當時三十七歲。」

「喔喔，你爸爸真有兩下子！」

「妳不知道我被說得多慘，說我打亂了一個女人的人生。」

我笑著回憶往事。

無論是好是壞，我的確打亂了我媽的人生。

我媽當時還在讀大學，在結婚後輟學當家庭主婦。

「我以前的夢想是成為設計師。」我媽這麼告訴我，我爸對她的吸引力足以讓她放棄了自己的夢想。我媽並不是見錢眼開的人，所以她應該很嚮往嫁給我爸爸，我記得她曾經笑著對我說：「雖然放棄夢想很可惜，但因為有了你，那些夢想都不重要了。」

當時我並沒有多想。

但我很高興，所以至今仍然記得這件事。

我應該是為我媽所付出無償的愛感到高興。每次在電視上看到藝人離婚的消息，我媽就開玩笑說：「如果我家遇到這種情況，你一定要選媽媽，如果你選爸爸，我會受不了。」爸爸只能在一旁苦笑，我覺得這樣的畫面太好笑了。那時候我們家真的充滿笑聲。

「這樣啊，這樣啊，你媽媽這麼好。」

「對啊。」

「原來你們母子感情很好。」

「是啊。」

和花森聊完之後，我陷入沉思。

之前那種哪裡有問題的奇妙感覺，該不會是因為覺得廣岡太太和我媽媽一樣？和曾經深愛我的媽媽一樣？

（不，怎麼可能呢……）

但我立刻改變原來的想法。廣岡太太不可能和我媽一樣。

不要為不必要的事傷腦筋，必須專心解決眼前的問題。

「花森，要不要分頭行動幾天？」

「啊，這樣嗎？我無所謂啊，你這種邊緣人沒問題嗎？」

「妳應該問，我一個人沒關係嗎？」

我不理會花森的調侃，把計畫告訴她。

我從隔天開始，花了五天時間展開簡單的調查。

花森去廣岡太太家幫忙照顧小智，和廣岡太太聊天。

我在這段期間展開所謂的跟監。

我巧妙地向廣岡太太打聽到她先生任職的綜合醫院，然後造訪那家醫院，躲在停車場監視。我在醫院網站查到她先生的照片，著手進行傳統的外遇調查。

老實說，之後的行動簡直是苦行。

雖然我向花森借了腳踏車，但仍然必須在這種酷暑天氣騎著腳踏車追車子，在戶外找地方躲起來跟蹤。每次搏命跟蹤，受傷的腿都發出慘叫，炎熱的太陽更是帶來宛如地獄般的痛苦。幸好這些辛苦有了成果。

「雖然前面四天跟丟，但今天紅燈幫了忙，終於跟到了。」

「啊喲喲，原來他真的外遇，你看看你。」

「為什麼要怪我？」

那天傍晚，我跟蹤結束後，在之前整天找信的河岸和花森會合。我坐在草地上向她說明情況。

從結論來說，就是我猜對了，她老公外遇。

我只跟蹤了短短五天就親眼目睹他外遇，由此可以知道一件事。

「再怎麼說也太明目張膽了。」

老實說，我覺得未免太順利了。普通的學生跟蹤短短五天，竟然就抓到證據。

她老公顯然根本沒有隱瞞外遇這件事。

「你是說，她老公根本不在意她知道嗎？」

「我想應該是，而且廣岡太太也視若無睹。」

我在向花森說明的時候忍不住感到沮喪。我猜想花森的心情應該也一樣。

她環視著太陽漸漸沉落的河岸說：

「我真是搞不懂，他有這麼可愛的兒子，竟然還在外面玩女人。」

「是啊。」

我發自內心同意花森說的話。

之前我即使看到嬰兒，也完全沒有任何感想，但在實際照顧之後，就覺得小孩子實在太可愛了。即使被他們的口水弄得濕答答，也覺得沒關係。

但是，對廣岡先生來說，小智並不是這樣的對象，這意味著他並不想要那個孩子。

雖然難以接受，但這個世界上的確有很多令人難以理解的人。

這麼一想，就覺得有人把賺來的錢花在情婦身上也不值得大驚小怪。

「我問妳，」這時，我稍微鼓起勇氣問花森，「花森，我聽說妳父母也離婚了，這次的事，會不會讓妳有什麼感慨？」

「嗯？原來你也知道我家的事？」

看到花森有點意外的驚訝表情，我暗自鬆一口氣。

因為如果她陷入沉默，就會很尷尬。

「我聽到班上的男生在討論，說妳在小學時改了姓氏。」

「啊哈哈，原來是這樣，既然你已經知道，那就沒必要隱瞞了。」

花森天真無邪地笑著說。

我也不知道自己為什麼會問這個問題。

只是可能在無意識中察覺到，她可能和我一樣。

「他們在我讀小學時離婚，我爸爸生病，和看護之間發生了很多麻煩事，他們在談判之後離婚。我爸爸之後死了，因為他們當時和平分手，我媽就為他辦了葬禮，所以沒有什麼可供參考的事。」

「不好意思。」

「呵呵呵，因為是你，所以我原諒你。啊，好意味深長啊。」

先不理會花森的胡鬧，她說的話和我想像大不相同。

花森告訴我，她和她媽媽感情很好。她媽媽是在職場上很能幹的職業女性，所以在經濟上不虞匱乏，她們經常一起去逛街，也會一起看電視劇有哭有笑，生活很充實。

「你和你媽媽感情很好，對不對？」

「嗯，是啊。」

「所以和我一樣。」

「嗯，對啦。」

花森露出一如往常的笑容，我也跟著笑起來。

很像，真的很像，我和妳的情況真的很相像。

我想起花森曾經說，每個死神會固定負責某種類型的『死者』。

我想起了得知媽媽也有另一種人生的那一天。

該不會是這樣？

廣岡太太真的和我媽一樣——

「分頭行動就到今天為止，從明天開始，我也要去廣岡太太家，之後只能從她口中打聽線索。」

「嗯，是啊。這或許是個好辦法。」

「要如何知道她的罣礙，雖然很難，但只能試試看。」

我看著漸漸沉落在河岸的夕陽，這麼告訴自己。

隔天開始，再度來到廣岡太太家。

不知道是不是該說不出所料，我的不祥預感成真了。

「廣岡太太，不好意思，我們一直來打擾，卻始終無法找到解決的方法。」

「請不要放在心上，你們陪我兒子玩，我就很高興了，而且是我提出了這種難題。」

和花森一起去廣岡家的幾天期間，我們並沒有特別做什麼事，只是整天逗小智玩。

老實說，我很不安。

我對是不是可以就這樣等待感到不安。

但是，我繼續等待。因為如果我的預料正確，廣岡太太也許會主動採取行動。

果然不出所料，有一天，終於等到了。

「哇！這裡竟然有蜘蛛網！佐倉，你太陰險了！」

「妳別想趁亂傷害我。」

廣岡太太看到花森胡鬧的樣子，呵呵笑起來。

目前是八月中旬，中元節的季節。

這一天，我、花森、廣岡太太和小智四個人一起來掃墓。

因為廣岡先生在中元節時回老家，所以廣岡太太想利用這個時間來為自己的父母掃墓。她說如果我和花森不介意，可以和她一起來掃墓，於是我們就跟來了。

廣岡先生的父母還健在，不用帶小智回去給兩個老人家看看嗎？雖然對這件事有點納悶，但我並沒有追問，廣岡太太說她堅持不想去丈夫的老家，我大致能夠想像其中的原因。

我們換了電車，然後又搭公車，終於來到山上一座冷清的墓園。廣岡太太把在路上買的花供在墓前。在她的傷停時間結束之後，這些花也會消失。這個事實令我感到難過。

廣岡太太在上香祈禱時，自言自語般說起來。

「我從小就被大人說是一個缺乏勇氣的孩子，學校的老師總是叫我要更積極主動，我自己也知道。我無法對別人說不，無法拒絕別人，所以人生一路走來，有很多後悔。」

聽到她說這些話，我陷入沉默。

她為什麼突然說這些事？我大致猜到了其中的理由。

她一定希望早日揭穿自己的謊言。

原來是這樣，原來活在傷停時間是一件這麼痛苦的事。

「我的人生充滿謊言，即使遇到討厭的事也不敢說不，即使生氣的時候，也會謊稱自己沒有生氣。這種謊言的累積，總是造成我莫大的後悔。」

說謊。這句話讓我想起黑崎。

是因為愧疚嗎？還是不願回想？雖然應該有各式各樣的理由，但所有『死者』都會說謊。我相信廣岡太太也一樣，因為不想面對後悔，所以會對自己的罣礙說謊。但是，其實他們希望有人揭穿他們的謊言，想要放輕鬆。他們帶著這種掙扎活著，活在只有痛苦的傷停時間內。

對我和花森來說也是如此。我有一種預感，我們會在今年夏天相遇，絕對不是偶然。

「不好意思，特地找你們一起來，卻和你們聊這些感傷的事。只是每次來這裡，就會想起很多事，真的很對不起。」

廣岡太太說完，輕輕笑了笑，看起來很痛苦。

看到她的樣子，我希望她的傷停時間可以趕快結束。

「呵嘰……啊咕。」

「喔，小智，怎麼了？要不要姊姊抱你？」

原本在嬰兒車上睡覺的小智哭鬧起來，花森滿面笑容地哄著他。

天空好像隨時會下一場暴雨，宛如我內心的寫照。

並不是只有我有這種想法。

掃完墓，向廣岡太太道別後回家的路上，花森說：「佐倉，陪我去一個地方。」於是我就跟著她來到了廟會的會場。我想起曾經在社區傳閱的公告板上看過今天有煙火大會，我之前徹底忘了這件事。

通往建在半山腰的神社道路兩旁，是一整排賣炒麵等各種東西的攤位，男女老幼穿著浴衣在狹窄的路上來來往往。蘋果糖、閃亮的燈泡汽水，還有模擬動物的巨大氣球，喧鬧聲和各種高漲的情緒讓人感到格外悶熱，光是感受現場的氣氛，就有一種飽足感。

「喔，章魚燒，有章魚燒！佐倉，我們一人吃一半。」

「妳為什麼這麼熱衷章魚燒？我在這裡等妳，妳去買吧。」

「唉……真希望你可以像男朋友一樣請我吃。」

「我又不是妳的男朋友。」

「我生氣了，也不想想我的時薪才三百圓。」

「真巧啊，我的時薪也剛好三百圓。」

「不會吧？也太廉價了，是不是黑心企業？」

「這絕對是黑心企業，還會被體重驚人的上司飛踢。」

說這種話的下場就是狠狠被打了一下。我更確信那是黑心企業了。

最後我請她吃了章魚燒，十個章魚燒花掉我今天薪水的三分之一。我再度體會到時薪三百圓有多麼可怕。

花森可能不缺錢，所以還買了棉花糖和烤魷魚，雖然她沒有穿浴衣，但這些食物拿在她手上看起來就很有廟會的味道。人正真好，人醜吃草。

我們邊走邊吃，雖然很悶熱，但充分感受著廟會的氣氛，聊著第二學期快開學了，要選修什麼課，班上的誰和誰分手了這種無關緊要的話題。在擁擠的人群中，她的頭髮輕輕拂過我的臉頰，飄來淡淡的香氣，頓時感到腦筋一片空白。

當天色被黑夜籠罩時，終於開始放煙火。

但我們正在山路上，離放煙火的地方很遠，只能看到淡淡的光亮而已。

花森在石階上坐下，我也坐在她旁邊聽著煙火的巨大聲響。

花森靜靜地開口。

「這是我小時候的事，我媽媽曾經帶我來參加夏天的廟會，那次廟會比今天的更大，還有抽籤、賣蘋果糖，我記得那天玩得很高興，那是我至今都無法忘記的美好回憶。」

花森面帶笑容，看著前方訴說著。

我相信只有我能夠瞭解她這些回憶的意義。

「那時候我爸爸剛死不久，媽媽整天都很忙，我覺得很孤單。正因為是那樣的時候，所以感到格外高興，我相信一輩子都不會忘記。」

「這樣啊。」

夜幕降臨，她在巨大聲響和色彩絢麗的世界編織回憶。

我沒有看花森的臉。雖然看不清她的臉，但我可以清楚瞭解她內心的想法。

我現在才發現，花森不可能沒有察覺我所察覺的事。

不同死神負責的『死者』有固定的類型，這意味著和『死者』有相同痛苦的死神才適合成為負責的窗口。朝月、黑崎和廣岡太太這幾個都為家人煩惱的『死者』，絕對不是因為巧合出現在同樣為家人煩惱的我面前。

既然這樣，我認為廣岡太太有問題並非無中生有。

為這個世界帶來不可思議現象的某種力量，應該認為正因為我和我媽之間曾經發生那種事，所以能夠瞭解廣岡太太的真意。

「我和我媽的感情非常好。」

「是嗎？我也是。」

「我媽真的很愛我。」

「我也是，我媽也真的很愛我。」

「呵呵，我們果然很像。」

「簡直一模一樣。」

「我們——都說了謊。」

「沒錯，妳說對了。」

我轉頭看向身旁，她臉上黑暗和光亮交錯的笑容帶著一絲悲慘。

她告訴我，她內心有著難以擺脫的痛苦，讓我產生了使命感，必須拯救在黑暗中承受折磨的廣岡太太。

所以我下定決心。

我一定要終結廣岡太太的悲傷。

「我明天就去對廣岡太太說。」

「嗯，謝謝，拜託你了。」

黑夜支配了世界，遠處的煙火燦爛而熱鬧地綻放。

小智現在應該在哭鬧。

黃昏時分，總是令人陷入不安。黑崎不知道曾經多少次被黃昏的恐懼包圍；朝月不知道曾經多少次在黃昏感到後悔。還有我，還有花森。

那天的夜晚靜得有點可怕。

隔天——

我們在中午過後來到廣岡太太家，一見到她，立刻對她說：

「廣岡太太，今天來這裡，是要揭穿妳的謊言。」

「……好。」

她不為所動，她應該一直在等待這一刻。

「我調查過妳先生，最後完全沒有發現任何線索，只知道妳因為在罣礙的問題上說謊而承受著煎熬。妳很像我媽媽，很像我失去了無償的愛的媽媽。」

她不發一語，我對她說了一句冷酷的話。

「請妳告訴我，妳的罣礙真的是想知道小智是否平安出生嗎？」

「……對不起，早知道我不應該說謊，一開始就應該說出一切，但我實在沒有勇氣。」

她停頓一下，終於開始娓娓訴說。

那是她一直不願正視的傷停時間的開始。

「我要對你說實話，我的罣礙，就是生下這個孩子。」

夏天的藍天宛如深沉的絕望。

我有預感，這將成為她最後的獨白。

「對我來說，這場婚姻是人生最大的後悔。」

廣岡太太把小智交給在另一個房間的花森，在只有我們兩個人的房間內訴說著。

她落寞地靜靜說著已經結束的人生。

「我一開始就曾經告訴你，我的人生無可救藥，無依無靠，身無分文，每天過著不知道為何而活的日子。對我老公來說，我是一個可以利用的女人。」

她繼續說道，好像在充分感受內心的失望。

「他成功地當上醫生，但仍然改不了放蕩不羈的壞毛病，他的父母一直催他趕快結婚，他們想趕快抱孫子。」

我們就是在這種狀況下認識。她小聲說道。

「我當時是派遣員工，在前輩的介紹下認識。我一開始對他並沒有什麼好感，因為從他的言談中就可以發現，他只是要找一個幫他生孩子的女人，無論怎麼想，都必須拒絕這種人。無論怎麼想都該拒絕。」

「但是，我並沒有拒絕。當他拜託我和他結婚時，明知道這是會影響到自己人生的重要決定，我仍然無法拒絕。一方面是我本身太軟弱，再加上我覺得自己的人生糟透了，只要有錢，其他都不重要，所以做出了這樣的決定。這真的是愚蠢的選擇。」

她把話吞下，然後重重地嘆了一口氣。

我覺得那是無法變成淚水的情感。

「我很快就對和大剌剌地夜夜在外尋歡的丈夫一起生活感到後悔，也對完全不責備兒子的公婆感到不滿。原本以為只要有錢，人生就會不一樣。其實無論做什麼，如果我自己不改變，人生根本不可能改變。」

「但是，我並沒有逃，因為我無依無靠，也沒有可以努力工作的強壯身體。當我得知自己懷孕時，覺得沒有退路了。每次身體不舒服，公婆就會對我說，等孩子出生之後，就由他們來照顧。那時候我才終於發現，對他們來說，我只是為他們生孫子的工具。」

「在這樣的狀態下，離預產期的日子越來越近，然後終於發生危及生命的症狀。因為實在太突然，醫生說，如果不在幾個小時內動手術，就會有生命危險。到底要生下孩子，還是要放棄？我陷入恐慌，完全無法思考。公婆大叫著無論如何都要把孩子生下來，於是我就挑戰了手術。然後——」

順利生下孩子，但是廣岡太太——

她進入了傷停時間。

「在兒子出生之後，我老公覺得他已經盡了義務，所以比之前更加不受拘束。公婆整天要我把孩子交給他們，說我的身體不好，但是，我在這件事上絕對不讓步。說起來很奇怪，我在死了之後，才終於學會拒絕。雖然他們罵我，但我仍然挺身對抗。我知道，無論在傷停時間做什麼都沒有意義，即使這樣，我仍然不願把兒子交給他們。其實我有點高興，因為我這種人竟然有愛孩子的心。因為在兒子出生之後，我才第一次學會反抗，這是我內心唯一的支柱。我一直以為是這樣。」

但是，事實並非如此。

「有一天，我猛然發現了這件事。當我在電話中對公婆說『我愛我的兒子，所以無法交給你們』時，我發現自己的話中帶著謊言。那時候我才驚覺，原來我並不愛兒子，只是因為憎恨老公和公婆，所以不願把兒子交給他們，我發現我是因為這種醜陋的感情而奮戰。說起來真的很丟臉，我雖然是母親，但不是因為愛，而是因為憎恨而採取行動。」

「一旦傷停時間結束，我兒子就會交給我公婆，想到這件事，就覺得懊惱不已。於是我終於恍然大悟，早知如此，當初就不應該把孩子生下來。這才是我的罣礙，這是令我束手無策的傷停時間，充滿後悔的傷停時間，讓我覺得自己的人生到底是什麼。」

廣岡太太一口氣說完，低頭陷入沉默。

無法忍受的悲傷、憤怒、憎惡和自我厭惡讓她陷入沉默。

看到她的樣子，我忍不住想：啊，我果然猜對了。

無償的愛並非絕對，任何人都有自己的人生和欲望。我再次認識到，她果然很像我媽，她果然和我媽一樣，並沒有無償的愛。正因為這樣，才會交由我負責。

「廣岡太太。」

我叫著她的名字，但她沒有回答。她的懊惱如此巨大。

因為巨大的憎恨勝過愛，她後悔自己不該生下孩子。每次聽到自己內心的聲音，她都會感到絕望。

我再次深刻體會到，所有的『死者』內心都帶著痛苦。

他們必須面對無法放下的罣礙，在絕望中過日子。為了保護這樣的自己，他們只能說謊。

他們其實希望傷停時間結束，但為了逃避自己內心的醜陋，所以說謊。

這樣的悲痛當前，會不禁思考，這樣的傷停時間到底有什麼目的？

如果沒有這種時間，就不需要承受這種痛苦。

如果不具備這種能力，就不需要瞭解悲傷的事實。想到這裡，就會被這個世界的毫無慈悲打敗，真的只會感到無助徬徨。

（但是——）

但是，在這種時候。

為什麼我在這種時候，仍然沒有失去希望？

我回想起無法為黑崎做任何事，送走他的那天晚上。

當時我下定了決心，下一次要在失去之前守護死者。

我不知道為什麼會有傷停時間，但如果傷停時間可以有意義，只有死神能夠做到，只有死神能夠拯救『死者』。我就是因此在這裡，我就是因此走到這裡。

「廣岡太太，」

我踏出了一步。

那是需要勇氣的一步，是我在那個晚上無法踏出的一步。

「廣岡太太，妳的確把自己放在比妳兒子更優先的位置，但是，即使如此，妳仍然盡力照顧小智到今天，我相信妳比任何人更瞭解其中的理由。」

廣岡太太沒有回答，我繼續說下去。

我在說話時，想著雖然不具備無償的愛，但仍然愛著我的媽媽。

「妳也知道，傷停時間不會留下任何東西，即使如此，妳仍然盡力照顧小智，而且不僅照顧他，而是充滿母愛地照顧他，所以無論他怎麼哭鬧，只要看到妳的臉，他就會露出笑容。那是因為妳知道，小智對妳笑的聲音沒有絲毫的虛假。」

「……」

我知道，我當然知道。

因為我來過這裡這麼多次，和嚎啕大哭的小智搏鬥了多少次。

即使我束手無策，只要廣岡太太一出現，就馬上可以搞定小智。這是理所當然的事，因為她整天看育兒書籍學習，還為小智編織了很多他喜愛的編織娃娃。

她的愛也許並非無償，內心憎恨超越了愛也是事實，即使如此，仍然無法否認她努力愛自己的兒子這件事。

我相信即使內心的愛無法超越憎恨，但盡力成為母親所付出的努力，足以成為稱職的母親。因為即使這份愛不是無償，愛並不會完全消失。

「即使無法留在任何人的記憶中，妳生下兒子的事實不會消失，所以不妨相信，當小智長大之後，會主動向生下自己的母親伸出手。就算沒辦法得知真相，他也會努力想要瞭解在天堂的母親。不妨把這份信念視為這個人生的意義。」

「人生的……意義？」

廣岡太太嘀咕著，然後抬起頭。

她的眼眶中泛著淚水，那是純潔透明、悲痛的淚水。

不知道是後悔還是痛苦，但我相信不僅如此而已。

下一剎那，我確信了這件事。

「廣岡太太。」

「啊——」

門打開了，花森叫著廣岡太太，她手上抱著一臉不高興的小智。看到這個嬰兒任何時候都始終如一，我忍不住笑起來。

「嘿嘿嘿，我已經努力哄他了，但還是沒辦法，他想要媽媽抱，所以請妳抱抱他，用妳的雙手抱抱他。」

「……小智。」

花森把小智交給廣岡太太，小智立刻露出笑容。

啊，嬰兒真的太純真了。他沒有看我們一眼，眼中只有母親。

由此就可以知道，廣岡太太多麼努力。

「小智，小智。」

她熱淚盈眶地叫著兒子的名字。

「廣岡太太。」

我對著她說。

一定沒有問題。一定要這麼相信。

身為死神，我對她說出了送她去那個世界的話。

「我們等待妳的心情平靜，無論花多少時間都沒有關係。沒有方法可以解決妳的罣礙，即使這樣，當妳覺得自己走過的人生有意義時，請妳告訴我，到時候我會來向妳道別。」

「好……謝謝你。」

廣岡太太簡短地回答後，點點頭。

她在笑嗎？我覺得在她臉上看到了眼淚以外的光。

我應該永遠不會忘記她抱著自己的孩子對我說的話。

「真希望我兒子可以永遠記得這些日子。」

淚水滑過她縹緲的笑容，滴落在小智的臉上。小智不解地抬頭看著母親，他應該看到了比無償更尊貴的愛。

窗外是一片清澈無比的藍天。

兩個星期後，廣岡太太離開了這個世界。

「只要我兒子能夠平安長大就好。」她留下這句話，平靜地離開了。最後她也向花森道謝，然後對她說「希望妳可以得到幸福」，令我印象深刻。

隔天，我們換了好幾班電車，前往兩個地方。

首先去了廣岡先生的老家。廣岡太太告訴我們地址。

在遠離都心的山上開發的這片住宅區周圍充滿綠意，位在高崗上的公園可以看到那棟有大庭院的日式房子。

我們在簷廊上看到了既感到安心，又感到屈辱的景象。

「小智看起來很好。」

「是啊。」

我看著小智被祖父母疼愛的身影點著頭。

小智感受著可以稱為無上的關愛，笑得很開心。

他應該一輩子都不會瞭解真相。

因為他曾經感受的母愛都變成不曾發生過。

「……佐倉，我們走吧。」

「好。」

我們只是想確認小智平安，所以我們立刻就離開那裡。無法再抱一抱小智的事實令我們更加痛苦。

我們又轉車前往之前曾經去過的墓園。因為我們猜想廣岡太太一定沉睡在這裡。果然不出所料，墓碑上有她的名字。

我和花森清掃了飄滿落葉的墳墓，在空花瓶裡供了花。

我們始終默然不語，合掌祭拜之後立刻離開了。因為我們沒有勇氣繼續在那裡逗留。

然後我們再度搭好幾班車回家。

回家的路上，電車停在一座可以看到海的車站。之前從來不曾特別注意，但今天那一片海看起來格外感傷。花森說：「我們去走一走。」於是我們就下了車。

「嗯，游泳池不錯，但大海也很棒，天空真遼闊。」

夏末的沙灘，除了我們以外沒有其他人。也許這裡原本就不是游泳的地方，沙粒似乎失去光芒。

花森環視著天空和大海，我沉浸在天空的這片藍色中。

我被封閉在這片彷彿會從天而降的悲傷藍色中，我們總是被某些東西封閉，被肉眼無法看到的某些東西，和無法抗拒的潮流封閉。

「這樣真的好嗎？」

我忍不住問，花森沒有回答。

傷停時間到底為了什麼目的存在？經過這一次，我覺得似乎稍微理解了一些。

傷停時間是讓『死者』放下罣礙的時間，但花森之前說，大部分『死者』無法放下，最後只能放棄。我認為這種說法不完全正確。

我認為傷停時間原本就不是讓『死者』捨棄罣礙。

而是給予『死者』傷停時間，讓他們接受自己的罣礙不可能放下這件事，『死者』才能夠開始進行最後的清算，面對滿是後悔的人生，從中找出微小幸福的清算。

黑崎回想起自己曾經有過幸福的時光，然後上了路。

廣岡太太得知自己有母愛後，才能夠離開這個世界。

即使無法留下任何東西，都可以在完成最後的清算後結束人生。我認為這就是傷停時間的目的。雖然如果問我，這到底有什麼意義，我也答不上來，但這似乎可以合理解釋走向死亡的人所擁有的傷停時間。

這次的事應該算妥善解決了。

雖然無法留在任何人的記憶中，但廣岡太太完成最後的清算。

如此一來，照理說就沒有問題了。

照理說，應該沒有問題了……

（果然還是無法這樣輕易接受。）

這種想法仍然盤踞在內心。

我之前也曾經說過，理解和接受是兩回事。如果要問我是否接受，我完全無法接受。

我這一次很努力，努力讓廣岡太太幸福地上路。我認為藉由這一次的努力，我自己也可以向前邁進。

沒想到結果竟然如此，無可救藥的後悔煎熬著我的內心。

為什麼？我想起很多事，忍不住問：

「花森，我問妳，能不能為小智留下點什麼？」

「嗯？要留給他什麼？」

藍天下，海浪前，花森轉頭看過來，露出微笑。

一陣風吹來，輕輕拂動她的髮絲。

我明知道沒有意義，但還是緊抓著她的溫柔。

「就是讓他知道，他媽媽很愛他。有沒有什麼方法？可不可以用寫的，或是託人轉達？總之，我希望有朝一日可以告訴那個孩子，無論用什麼方法都行。」

「呵呵，沒辦法。即使死神留下了什麼，在離職的瞬間，和死神相關的事都會重新修正，更何況沒有人會相信這種事。」

「是啊，這我知道。」

我對顯而易見的答案感到無力。

花森轉頭背對著大海問：

「你為什麼突然問這種問題？」

「我也不知道為什麼。」

為什麼呢？到底是為什麼？

我也不太清楚，只是這一刻，我很希望小智知道他母親對他的愛，知道那份我曾經擁有、無可取代的溫暖。

我好像被某種神奇的力量推了一把，向花森說出心裡的話。

「我打這份工和我媽有關。」

「是這樣嗎？」

我用力點頭，然後開始說。

就像把小手伸向遼闊的藍天。

「那是我小時候的事，我和我媽感情非常好，我媽很疼愛我，總是面帶笑容。雖然我們偶爾也會發生爭執，但我們就像是普通的母子，只是比一般人感情更好。」

花森默默注視著我。

在她溫馨的眼神注視下，我向她和盤托出。

「妳知道我爸爸曾經被抓吧？但很快就放了出來，只不過我們家也因此完蛋了。有一天晚上，爸媽辦了離婚手續。我並不感到意外，也覺得這是無可奈何的事。到這裡為止都還好。雖然一點都不好，但仍然覺得到這裡為止都還好。」

我克制著眼瞼的疼痛，繼續說下去。

藍天清澈透明，好像快要碎裂。

「以前曾經看過一部電影，是一部名叫『克拉瑪對克拉瑪』的電影，電影中的父母為了孩子的親權打官司。不光是那部電影，在日本，目前小孩子的親權也幾乎都會判給母親。先不討論為什麼會這樣，反正在日本，這是很普通的情況。所以當我爸媽離婚時，我就覺得我會跟著我媽，必須離開我爸爸了。正因為這樣，我才會驚訝，沒想到我媽竟然很乾脆地放棄了我的親權。」

「……」

為什麼我對默然不語的花森露出不可思議的笑容？

好像在自嘲，又好像在逞強。

我知道。我知道和『死者』相比，這種事不足掛齒。只要活在世上就還有機會。我知道，我真的知道，但是，即使如此。

花森不發一語，也許理解了我的懊惱。

「我說不清那種感覺，不是悲傷，也不是寂寞或是憤怒，並不是這樣的感情。只是覺得原來是這樣，媽媽也是一個普通人，有她的人生。雖然她毅然表現出母親的樣子，但其實有各種欲望和煩惱，雖然她想全部丟開，但一直在忍耐。後來這種理所當然該知道，但我一直不知道的事突然擺在我面前。因為從來不會去想父母和自己一樣，也是一個人，所以我當時很驚訝，但又覺得既然我媽也有追求夢想和幸福的欲望，當然會想要讓自己的人生重來。只是我和我媽之前感情這麼好，難道她是強顏歡笑嗎？我忍不住想了很多。所以我想要賺錢，因為我媽的娘家很遠，來回一趟要五萬圓。我並不想見她，也不是想和她說話，只是我想看一看，我媽到底選擇了怎樣的人生，用怎樣的表情過著她的第二人生。這一次的人生是否讓她想要好好珍惜？她之前說會寫信給我，但我至今仍然沒有收到，是因為她目前每一天都這麼快樂嗎？我只是為了知道這些事，才開始打這份工。」

「……這樣啊。」

我在藍天下獨白。

後悔籠罩我的全身，讓我覺得夏日的太陽都很冷。再也無法找回失去東西的那種鬱悶籠罩著我，但我真真切切感受到解脫。

啊，我終於說出來了。

我終於向這個世界釋放了無法向任何人傾訴的痛苦。終於，終於。內心湧起了這樣的想法。雖然一次又一次被無法掩飾的失落感包圍，但在後悔中，終於有了一絲安心。我覺得好像解開了一道心靈的枷鎖。

我回想起來。

回想起朝月對我說的那句話。

——你真正渴望的是溫暖。

——但我給不起，我相信你已經發現了。

這兩句話到底是什麼意思？

不知道。不，其實我知道。

只是現在的我知道，我放棄了曾經追求的溫暖。我的內心很平靜，那是擺脫迷惘的平靜，我可以感受到有一道漣漪消失了。

我向世界丟出了一句話。那是我一直、一直在尋找的情感。

「幸福到底是什麼？」

「呵呵，是什麼呢？」

花森這麼回答我的問題。

她笑了。她是那麼溫柔美麗，奇怪的是，我覺得很高興。因為我發現自己並不孤單。

看到她的笑容，我再次體會到一件事。

我和她之間的關係真的不是戀愛的感情。

而是更不可思議、更特別，我相信無法和其他人分享這種感情。

我和她之間存在著某些東西，讓我覺得自己在這個世界並不孤單。和花森在一起時，會讓我有這種感覺。我再次體會到這件事。

這時，我似乎也同時理解了死神這個角色。

死神的存在是為了拯救『死者』。這樣的認知應該並沒有錯，但這樣的理解並不完整。

死神可以拯救『死者』。

但除此之外，死神也會透過『死者』得到救贖。

我認為這才是這個世界的真相。

如果要問我為什麼，我也答不上來。因為我毫無根據。

但是，我藉由和他們接觸，才能夠走到今天。和『死者』的接觸，讓我捨棄了一個謊言。

這只是巧合而已嗎？如果不是巧合，是否代表其中有什麼原因，是不是讓這個世界變得不可思議的某種力量造成的原因。

我對著眼前那張夢幻的笑臉，很自然地問了內心的疑問。

「花森。」

「什麼事？」

「妳和妳家人之間發生了什麼事？」

她沒有回答。這幾乎代表了她的回答。

每個死神負責的『死者』類型都很固定。

除此以外，死神也藉由『死者』得到救贖。

如果這個假設成立。

雖然花森在班上很受歡迎，讓人覺得高不可攀，個性開朗幽默，簡直就像沒有任何煩惱，但她成為死神並非沒有原因。

她和我，還有那些『死者』一樣，內心都有無法擺脫的痛苦。

「花森，」我幾乎無意識地對她說，「即使不是現在也沒有關係，希望妳有一天願意告訴我。妳也知道，我們認識的時間並不久，也沒有很戲劇化地相互扶持，但是我相信，有些痛苦只有我們能夠彼此瞭解，我相信有些孤獨，只有我們能夠瞭解。我和妳之間就是這樣的關係，所以如果有一天，妳必須對抗這個世界，到時候希望妳願意讓我幫忙。」

「……」

沉默出現在我們眼前。好像會持續到永遠的靜謐時間流動。

她聽懂了嗎？我覺得自己沒有表達得很透徹。但我並沒有感到害羞。因為她小聲說「嘿嘿嘿，謝謝」時的笑容令我感到安心。沒錯，我們之間就是這樣的關係，有某種特殊的交集、無可取代的關係。我能夠坦誠地接受這件事。

我和她沉浸在這份平靜的時間。

不知道過了多久，花森緩緩推動了靜止的時間。

「佐倉，其實我今天早上收到了下一次任務的指示。」

「是嗎？」

在沙灘上坐在我身旁的花森看了我的反應後，溫柔地點點頭。

「這名『死者』在死神中小有名氣，因為她算是一個高難度的『死者』，遲遲無法離開這個世界。我之前就在想，也許有一天會輪到我接手，結果真的輪到了。雖然是基於個人因素，但我無論如何都想要幫助這個女孩。」

花森露出令人難過的笑容說。

不知道為什麼，我感受到一種前所未有的決心。

「現在的你是和我勢均力敵、可以助我一臂之力的死神，所以拜託你，請你救救四宮夕妹妹。」

四宮夕。

出現在夏末的這個名字聽起來低沉而黯然。

海浪在低吟。

和她的相遇將大大改變我們的命運。

第四章　破碎的心臟

「四宮夕，她是下一位『死者』嗎？」

坐在沙灘上的花森用力點點頭。

「她是只有十歲的女孩，但她在八歲時就已經死了。她很乖巧，也很善解人意，但過著悲慘的人生，在多次遭到虐待之後被殺了。」

「——」

我差一點無法呼吸。因為花森說的話太出乎我的意料。

未知的世界就這樣攤在我眼前。

「這只是我聽說的情況，她媽媽好像會家暴，而且手法很巧妙，不會在她身上留下痕跡。再加上小夕自己不承認遭到虐待，所以相關部門也無法介入保護。」

「這樣啊。」

花森聽了我的附和後點點頭，繼續向我說明情況。

小夕就讀我所住的社區不遠處的一所小學。

她目前就讀小學四年級。

她無法放下內心的罣礙，就這樣過了兩年。

之前的死神全都投降，所以她在死神圈小有名氣。

花森向我說明了大致的情況。

（花森基於個人因素想幫助這個女孩。）

花森說的事讓我感到震撼，老實說，我完全沒有真實感，當時我在意的是花森說的話。

她為什麼基於個人因素想要幫助這個女孩？花森並沒有說原因。雖然我很在意，但我沒有問她，因為她哀傷的表情讓我開不了口。

「那個女孩的罣礙是什麼？」

「我也不是很清楚，但聽說她想要向殺了自己的母親復仇。」

我甚至無力感到驚訝。

原來在我不知道的地方，還有這樣的世界。

「死者的能力呢？」

「讓對方的心臟停止跳動的能力。」

「是喔。」

當花森這麼回答之後，我沒有再發問。

我想像著未曾謀面的少女臉龐，好像破洞般出現在深不見底的藍色天空中。

從未見過的黑色深淵在我腦海中揮之不去。

我思考著該如何把那名少女從這片黑暗中救出來。

隔天的隔天。

時序進入九月，第二學期終於開學。

今天是開學典禮的日子，開完班會，中午就放學了。

我和花森在附近的烏龍麵店吃完午餐，然後就直接去四宮夕家。因為這次的對象同樣是女生，所以花森在昨天暑假最後一天時，先去向她說明情況。雖然我很驚訝她面對小學生時也這麼鄭重其事，但想到對方是受虐兒，就覺得的確應該小心謹慎。

「我真的無力招架，他們一直和我討論你的事，我差一點承認和你在交往。」

「原來是這樣，假消息就是這樣捏造出來的。」

我們在公車上談論著今天班上的同學圍著花森發問的事。

暑假期間，似乎有不少同學看到我們在一起。

因為我向來獨來獨往，他們不好意思問我，所以就去問花森。雖然我對花森的無厘頭感到無奈，但聽到她說話的聲音一如往常，暗自鬆了一口氣。因為前天看到她的哀傷眼神至今在我的記憶深處揮之不去。

搭公車時想著這些事。

在公車上搖晃了二十分鐘後，來到頗熱鬧的鄰近社區。

國道旁有好幾棟高樓，繼續往南就是車站，往北是公寓大廈林立的住宅區。

我們要找的少女就在住宅區深處一棟獨棟房子內。

「你好，哥哥，你就是新的死神嗎？」

「呃！對，對啊，妳好。」

按了玄關的門鈴後，我為即將見到家暴的母親緊張不已，沒想到出現在我面前的是一個清純的少女。

我還來不及思考是不是眼前這個少女，她就開口了。

「很高興認識你，我叫四宮夕，請多指教。」

「妳好！小夕，今天又見到妳了。他就是我昨天向妳提過的佐倉，因為妳很可愛，所以他這個蘿莉控很緊張，妳不要見怪。」

「妳一定覺得我的守備範圍大到不行。」

先不理會裝瘋賣傻的花森，小夕打招呼的態度讓我感到有點洩氣。因為她和我事先想像的少女相差太遠了。

真的是她嗎？我無法克制自己產生這樣的懷疑。

「那就不要浪費時間，可不可以請妳把情況告訴佐倉？只要妳告訴他，就請妳吃冰淇淋，當然是佐倉請客。」

「嘿嘿嘿，謝謝，那我們去附近的公園說。那個公園很熱鬧，男生都會去那裡玩。」

「喔，好啊，那我們去那裡。」

她們兩人自顧自討論著，我暫時放棄了思考。

先聽女孩說明，一定可以從中瞭解情況。

「佐倉，那我們走吧，你不要看得出了神。」

「好啊，但我並沒有看得出了神。」

「你們等我一下，家裡沒有人，我要鎖門。」

在小夕鎖門時，我不經意抬頭看向天空，發現天空中有一大片薄薄的魚鱗雲。

不知道為什麼，這些雲讓我內心變得不平靜。

小夕說得沒錯，走路兩分鐘就到的公園內真的很熱鬧。

公園很大，有許多少年跑來跑去，還有很多帶孩子來玩的媽媽。公園內的樹木和遊樂器材都修剪、保養得宜，是理想的休憩場所。

我們坐在公園角落的長椅上，分別吃著在附近便利商店買的冰淇淋，聊著小學和暑假這些無關緊要的事，最後終於進入了正題。

「我在小學二年級時被媽媽殺害。」

少女毫不猶豫地說起往事，談著和她可愛的聲音完全不相稱的悽慘記憶。

「上上個死神對我說，我家算是一種『失能家庭』。雖然我家的人看起來很和善，但因為我在家裡成為媽媽發洩壓力的對象，所以稱為『失能家庭』，而且我有一個比我小一歲的妹妹，但媽媽都不會對妹妹家暴，更加證實了這件事。」

「……」

我無言以對。不光是因為小夕說的內容，而是她說話的語氣太成熟。

她並沒有悲傷，也沒有因為磨難變成行屍走肉。

她好像在談論今天學校發生的事，用熟練的語氣詳細說明情況。光是這樣，就可以想像她這兩年的傷停時間。

「我爸爸是上班族，媽媽是學校的老師。媽媽很容易有壓力，有一天，把我從七樓推下去。就是從這裡可以看到的那棟漂亮公寓。」

小夕指著樹木後方的一棟公寓。我和花森都瞥了一眼，不再看第二眼。

「然後我就死了，但因為變成了『死者』，所以被推下樓的事也變成不曾發生過。我起初很驚訝，即使自稱是死神的人來找我，我也完全搞不清楚狀況，但這時發生了連我自己也可以清楚瞭解的事。」

說到這裡，她停下來。

口若懸河的小夕露出猶豫的態度。

她可能想要說什麼難以啟齒的事。

這種不祥的預感成真了。

「希望你們聽了不會討厭我。我在成為『死者』之前，就曾經欺負小動物，現在已經不做這種事了，但在成為『死者』後，也曾經用石頭丟流浪貓。有一天我發現，只要我用力想，就可以讓動物的心臟停止跳動。我哭著告訴了當時的死神，我們討論之後，我才終於知道，我的罣礙是讓我遭遇這一切的媽媽心臟停止跳動。」

她幽幽地說。

她努力克制內心的失落說了最後這句話。

「嘿嘿嘿，你們說我該怎麼辦呢？」

小夕似乎顧慮到我們的心情，露出困惑的笑容說。

花森輕聲對她說：「妳受苦了」，然後緊緊抱著小夕。少女高興地瞇起眼睛，我甚至不知道該說什麼。

糟透了。簡直糟透了。

這是我唯一的想法。

比之前聽到廣岡太太的遺憾時心情更加沉重。眼前的少女竟然能夠毫無懼色地談論這麼悲慘的事，這個事實更讓我不知所措。

其實我昨天去圖書館查了有關家暴的資料。雖然只是臨時抱佛腳，但我覺得也許可以參考一下。我從圖書館查到的資料很簡單。

遭到家暴的兒童很容易富有攻擊性，也會玩火或是說謊。他們討厭和別人交流，也可能會虐待動物。我學到了這些基本知識。

小夕說，她以前會虐待動物。

這意味著她和其他被虐兒一樣。

現在她不再虐待動物，能夠順利和別人交談。由此也可以瞭解，她在這兩年承受了多大的痛苦，迫使她在精神上變得成熟。

但無法因此責怪之前的死神，這也是讓人難過的地方。

她要用可以讓別人心臟停止跳動的能力向母親復仇。

以常識來思考，當然不能讓她做這種事。即使她這麼做，只要傷停時間結束，她殺了母親這件事也會歸零。我再次深刻體會到，和之前遇到的『死者』一樣，她也有難以解決的罣礙。

「我昨天聽妳說了之後努力想了一下，不知道該怎麼解決這個問題，完全想不出任何方法。」

「對，之前的死神也都這麼說，他們都說，我的罣礙無法解決，只能尋找妥協的方法，但是我不知道該怎麼做。」

「是啊，該怎麼做呢……嗯，佐倉，你有沒有在聽？不要因為小夕很可愛，就看得出了神。」

「妳不必擔心，我承認小夕很可愛，但我不會對小學生下手。」

「即使不是小學生，你也不敢下手。」

「妳又瞭解我了。」

「啊哈哈，你們太有趣了。」

雖然我皺著眉頭吐花森的槽，但仍然感謝始終面帶笑容的花森。

花森太厲害了，為了避免小夕感到不安，使出渾身解數表現得很開朗。

小夕也很厲害，即使面對第一次見面的死神，也表現得落落大方。只有我不知道該如何擺脫在心臟表面爬來爬去的恐懼。

香草冰淇淋在杯子裡融化，無處可去。

最後，這天直到傍晚都沒有任何進展。

「我媽媽快回家了，我也要趕快回家。」小夕說完就跑回家，我們目送她離開後，默默踏上歸途。

在搖晃的公車上，忍不住脫口問：

「沒有方法制止她媽媽虐待她嗎？」

「嗯，可能沒辦法。」

雖然明知道答案，但還是忍不住要問。

我知道。不可能有什麼辦法。

如果有辦法，早就已經解決了。

今天觀察之後，發現小夕並沒有外傷，她也沒有刻意穿長袖。出乎我的意料，四宮家的人都算是品行端正。雖然死神瞭解狀況，但世人並不知道小夕遭到家暴。這種巧妙地隱藏在家庭黑暗中的手法讓人煩惱。

「而且小夕也不承認自己遭到了虐待。」

「嗯。」

我回想起臨別前和小夕的談話。

花森事先告訴我，無法制止小夕遭到家暴的原因之一，就是小夕自己並不承認遭到虐待。我查到的資料也提到，有些受虐兒並不承認自己受到虐待。理由是因為一旦承認遭到虐待，就必須和父母分開。雖然難以理解，但小孩子承受再大的痛苦，都仍然渴求父母的愛。

但是，實際看到小夕之後，發現她冷靜得超乎想像。

她看起來並不像是即使遭到摧殘，也渴求父母的愛。

但是，她還是拒絕將自己遭到家暴的事公諸於世，理由是「不能因為我這麼做，讓妹妹變成家暴的對象」。聽到她說這句話時，我的心快被撕裂了。

「花森，妳有沒有什麼對策？」

「老實說很難，你有沒有什麼好方法？」

「我怎麼可能會有？」

「我就知道。」

我們感到束手無策，對話的內容也了無新意。

（既沒有阻止家暴的方法，也沒有解決小夕罣礙的方法。既然這樣，就只能和以前一樣，等待小夕清算自己的人生。）

雖然這麼說，但還是想不到任何解決的方法。

最後，只能聊一些無關的事排解內心的不安。

「花森，我記得傷停時間有時間限制，對嗎？」

「是啊，只是聽說不知道什麼時候會結束，每個『死者』的傷停時間也各不相同，但總有一天會結束。」

「小夕成為『死者』已經兩年，我覺得時間已經很長了，沒有問題嗎？」

「嗯，我也不知道，因為並沒有明確的資料。可能半年就結束了，也可能持續了十年仍然沒有結束，摸不透上天的心思，而且我到目前為止，也從來沒有遇過傷停時間截止的『死者』。」

「嗯？是嗎？」

「嗯，雖然我原本覺得應該有人『不想死，所以要活到最後』，但遇到的『死者』都希望傷停時間趕快結束，所以我猜想應該很少有『死者』會等到最後。」

「嗯，我想也是。」

花森的話令我意外，但也能夠理解。

我起初以為那些人成為『死者』之後，會乾脆豁出去了。反正很快就會死，而且也不會在任何人的記憶中留下痕跡，即使有人胡作非為也不足為奇，但很快就發現不可能發生這種狀況。

傷停時間沒這麼單純。

就像黑崎和其他人一樣，傷停時間會帶給他們非比尋常的痛苦，所以不可能豁出去享受這段時光。這麼一想，就覺得花森沒有遇過傷停時間截止的『死者』也是理所當然的事。

就在這時——

當我想到這裡，腦海中浮現了一個疑問。

「那我問妳，如果很希望傷停時間結束，但又沒有放下罣礙，也無法清算，祭出最終手段時，會有什麼結果？」

「什麼最終手段？」

「就是自殺之類的。」

我語帶遲疑地問。

她的回答令人絕望。

「就這樣結束了。無論是怎樣的形式，只要在傷停時間內再死一次，一切就畫上句點，會強制性地離開這個世界，傷停時間內所發生的事和記憶也會消失。這是我們無論如何都必須避免的最壞結局。」

「這樣啊。」

我點點頭，我們的談話也到此結束。

其實我很想接著問一個問題——妳曾經看過這種最壞結局嗎？但最後決定作罷，將意識轉移到窗外。

公車駛回了熟悉的地方。

我看到以前曾經學游泳的游泳教室。就在這個熟悉的社區附近，竟然有一個如此悲慘的人生就這樣落幕了。深深的嘆息在空氣中徘徊。

下了公車後，無精打采地走在街上，來到要和花森道別的路口。

我很自然地問她：

「幫助小夕，也會對妳有幫助嗎？」

花森聽了我突如其來的問題，停下腳步。

她的臉上帶著一絲驚訝。

短暫的沉默後，花森落寞地張開濕潤的嘴唇。

「嗯，是啊，你說得沒錯，幫助她可以讓我的人生向前邁進一步。我相信在目前的時間點遇見她並不是偶然，幫助她可以讓我瞭解其中的意義。」

「是嗎？」

這句話喚醒了我的記憶。

死神負責的『死者』有固定的類型。

這是俯視這個世界的某種力量所決定的。

「對不起，現在還不能說，等到順利送她上路之後，我應該可以告訴你一個秘密。對我而言，這是一場為了獲得勇氣的戰鬥，所以希望你能夠陪在我身旁。」

「……」

花森的聲音柔弱無力，好像在求助。

即使不必碰觸顫抖的心也可以清楚知道。這件事點燃我的決心。

和她在一起，我不會有絲毫的猶豫。

「無論如何，我都會盡力而為。我也想幫助她，更何況我領了打工費。」

「嘿嘿，謝謝啦。佐倉，你果然很善良。」

只是普通而已。我這麼認為，也小聲說了出來。「你很善良，真的超善良。」花森笑著說道。我覺得很害羞，硬是擠出了「再見」兩個字，轉身離開了。心臟笨拙地劇烈跳動。

燦爛的晚霞拉長了我們的身影。

第四個案子就這樣開始了。

原本以為任務艱鉅，沒想到進展意外順利。

隔天，我們在放學後搭上公車，去公園和小夕見面談話。事態很快有了發展。

而且是因為小夕本身的關係。

「哥哥，姊姊，你們看這個。」

「嗯？這本筆記本怎麼了？」

「這是不是叫『臨終活動筆記』？」

木製的桌子周圍放了幾張圓木椅，交錯的藤蔓形成天然的屋頂，成為一個樸素的休憩場所。小夕從背包裡拿出一本筆記本。

筆記本上用可愛的文字寫了『臨終活動筆記』這幾個和可愛無緣的字。

「我之前就決定，等下一個死神來找我時，我要和死神一起寫這份筆記。因為我之前在電視上看到，老人為了讓餘生無悔，所以都進行『臨終活動』，我覺得也很適合我。上面寫了我的人生中還沒有完成的事，我打算在你們的協助下完成這些事。」

「……喔，是喔？」

因為太出乎我的意料，所以反應有點遲鈍。

通常誰都不會想到小學生竟然會準備臨終活動筆記。

「即使完成這些事，也未必會順利放下罣礙，但我認為只要慢慢消除內心的遺憾，有朝一日，就可以安心上路了。我自己想出了這個方法，你們願意協助我嗎？」

「當然！小夕，妳太厲害了，可以自己完成這些，我們當然會協助妳。」

「嗯，只要妳不嫌棄，我們一定會協助妳。」

小夕抬眼看著我們問，我和花森都理所當然地回答。

當然，我們當然會協助她。

因為沒有任何理由不協助她。

「小夕，妳很厲害，而且還這麼可愛，我要緊緊抱著妳。」

「嘿嘿嘿。姊姊，我會不好意思。」

花森扮著鬼臉，笑著緊緊抱住小夕，小夕也露出愉快的表情。眼前的詳和景象讓人忘記她是『死者』這件事，她們看起來就像姊妹，讓人忍不住露出笑容。

沒想到立刻發生了讓人笑不出來的蠢事。

「那就趕快來完成妳的遺憾！先來看第一件事——啊？」

花森語氣開朗地說著，打開筆記本，隨即瞪大眼睛。

我還來不及思考發生什麼狀況。

『臨終活動之一。想看大人接吻。』

「……」

我和花森陷入沉默，小夕露出夢幻的眼神說：

「我在學校的圖書室看了一本很感人的書，是一個男人和得了不治之症的女人內心痛苦地接吻的故事。因為我是小孩子，所以沒辦法談戀愛，但我想看看大人的戀愛，哪怕只有一次也好。嘿嘿嘿。」

不知道該說她早熟還是幼稚。

看到小夕一臉嚮往的表情，我絞盡腦汁。

去電影院也許是最好的解決方法。在小夕的眼中，高中生是大人，但在大眾的眼中，我們根本只是小孩子，所以只能靠虛構的電影解決這件事——

「佐倉！」

「花森，等一下。」

「終於到了該下定決心的時候了。」

「才沒有，我就知道妳會這麼說。」

「別擔心，如果是你的話，我勉強可以接受。」

「勉強接受？這句話太傷人了。」

「相愛的兩個人，得了不治之症的女主角。你不覺得條件完全吻合嗎？」

「所以妳的意思是？我可以解釋為妳的腦子有重大問題嗎？」

「那就開始嘍。小夕，妳看清楚了。」

「開什麼始啊，喂，等一下。」

「嗚噢噢！」

「這才不是接吻的吆喝聲。喂，啊！」

「啊哈哈，啊哈哈哈。」

我拚命逃，背後傳來天真無邪的笑聲。

花森這個王八蛋。我在這麼想的同時，發現自己笑了起來。

我發自內心認為，我們真是好搭檔，所以才能夠逗小夕發笑。

這天的晚霞看起來比平時更令人心情愉快。

開心的日子持續著。

隔天。

「姊姊沒有男朋友嗎？」

「應該沒有，因為看起來不像有男朋友的樣子。」

這一天，花森要參加委員會會議，所以我一個人先去公園。

於是，就必然變成我和小夕獨處。小夕似乎覺得逮到了機會，拚命向我打聽花森的事。

「她家有哪些成員？有兄弟姊妹嗎？」

「朋友呢？有很多朋友嗎？」

「有沒有什麼寶物？有沒有很珍惜什麼東西？」

「嗯，我不知道，只知道她有很多朋友。」

我只能含糊回答，然後發現我不太瞭解花森。我也是今天才知道她擔任圖書委員這種和她完全不相襯的職務。

這種事不重要，小夕連番發問的理由是因為這件事。

『臨終活動二。送驚喜禮物給曾經照顧過自己的人。』

「以前曾經在公民與道德課上學過，人彼此感謝，才能夠成為心地善良的人。雖然我原本想不到誰曾經照顧我，但我知道姊姊很善良，所以我希望帶給姊姊驚喜。」

小夕害羞地告訴我。她太天真無邪了，她回到家會遭到家暴的事實令我心痛不已，但正因為如此，我告訴自己，必須努力讓她高興。

「對了，我聽她說，她的生日是這個月。」

「是嗎？」

「她在課間休息時大聲嚷嚷：『幾號是我的生日，記得把禮物帶來學校。』但她知道那天是星期六，根本不上課嗎？」

「啊哈哈，姊姊真的好有趣。」

花森這個人真的很好玩。這句話絕對不是奉承。

說得好聽點，她很開朗；說難聽點，她這個人是傻大姊。總之，她是班上的風雲人物，總是逗得大家哈哈大笑。有時候玩得太過火，結果挨了老師的罵。

先不說這些，我突然想到一件事。

她在課間休息時大聲嚷嚷，該不會是在暗示我？因為即使假日，我們也會見面，所以她才會這麼說？也許是我想太多，但果真如此的話，還真令人欣慰。

「那我想在那一天給姊姊驚喜。我要好好調查姊姊，才知道她收到什麼禮物會高興。」

「是啊，那我也巧妙地問她一下。」

我們正在聊這些話時，花森終於出現了。

「不好意思，因為在討論要買什麼新書，所以到現在才結束。整個圖書室都放橫山光輝的《三國志》不就好了嗎？」

「這種圖書室也太單調了吧？」

我在吐槽的同時，悄悄闔起筆記本。

因為這是驚喜。我向小夕使個眼色，微微點頭。

「你們剛才在聊什麼？」

花森語氣開朗地問，小夕巧妙地回答說：

「在討論昨天的事，哥哥說，只親額頭太可惜了。」

「我沒說，我沒說。妳怎麼突然亂說話？」

「啊呀呀，我該不會讓你產生了期待？嘻嘻嘻。」

「我才沒有期待，沒這回事。」

意想不到的危機讓我忙著辯解。

「但是哥哥剛才揚言說要偵察妳。」

「啊？偵察什麼？佐倉，你想知道我什麼事？」

「……小夕！妳知道調皮搗蛋的小孩會有什麼下場嗎？」

「嘿嘿嘿，對不起。啊哈哈哈。」

我們開始玩鬼抓人，結果一直玩到天色暗下來。

我的腿受了傷，無法跑得很快，但陪小夕玩似乎剛好。

「哥哥，我在這裡。」

「佐倉，加油嘍，不管怎麼看，都覺得你像變態。」

「花森，看我等一下怎麼教訓妳。」

好久沒有像這一天流汗流得這麼舒服了。

在認識小夕差不多一個星期時，發生了這樣一件事。

「那是在我成為『死者』之前的事，班上的同學在馬拉松比賽時因為心室顫動死了。」

我不記得怎麼會說起這件事，但在討論臨終活動之一『向學校的同學道謝』時說到這件事。

「那個同學平時都很有活力，班上的同學也都很喜歡他，所以聽說他突然昏倒，然後就死了，我還很驚訝。」

小夕露出凝望遠方的眼神繼續說下去。

「突然的離別很難過，但我後來知道，那個同學在臨死之前對班上的同學說『謝謝』，我們都因為他的這句話得到救贖。這件事也成為某所高中廣播社採訪的題材，而且還在比賽中得到冠軍。聽說那個同學的媽媽很感謝，因為讓更多人瞭解了她兒子的溫柔敦厚。我也想像那個同學一樣留言給同學。」

「留言給同學嗎？這有點難度，因為傷停時間無法留下任何東西。」

花森語帶難過地說，我也表示同意。留言。這是傷停時間最難做到的事。

至今為止，多次無法跨越的高牆再次阻擋在面前。

「雖然無法留言，但好好對待同學不是更好嗎？即使無法留下任何東西，我相信大家都希望妳能夠沒有遺憾地上路。」

「是啊。呵呵，希望如此。」

小夕露出微笑，花森溫柔地撫摸她。

我看著她們，忍不住陷入思考。

人死的時候也許都差不多。無論是意外身亡還是生病死亡，大部分人來不及思考就離開了這個世界。

傷停時間雖然殘酷，但可以清算，所以我想到了一個答案。雖然無形，但是對生存很重要的答案。

正當我在思考這些事時，遇到一個意想不到的人。

「嗨，妹妹，他們就是新的死神嗎？」

「你是誰！？」

「啊，雨野叔叔。」

我們和小夕聊天大約一個小時左右，突然聽到一個奇怪的聲音向她打招呼。

「女高中生，別緊張，別緊張。雖然我看起來很可疑，但我不是什麼可疑的怪叔叔。我是住在這個公園的遊民雨野叔叔。我和四宮妹妹一樣，都是『死者』，妳應該知道，『死者』可以認出彼此。」

「啊？」

當花森警戒地站起來時，男人這樣自我介紹。

這個自稱姓雨野的人如他自己所說，看起來真的很可疑。

這個瘦瘦高高的中年男人走起路來好像喝醉酒一樣搖搖晃晃，無聲地笑著，看起來很爽朗。油腔滑調的說話方式讓人感覺很可疑。

但還有一件事讓我更加在意。

「姊姊，不用擔心，我一年前就認識雨野叔叔了，我們現在是好朋友，他有時候會教我寫功課。」

「啊？可是……」

「我們都是『死者』，所以很聊得來，我也曾經把你們的事告訴雨野叔叔，所以不用擔心。姊姊，真的沒問題。」

「是、是喔。」

只不過這個中年男人一看就覺得很可疑。

花森格外緊張，但聽到小夕說「沒問題」，似乎比雨野剛才說「放心吧，沒問題」更讓她稍微鬆了一口氣。

「哇哈哈，我能夠理解你們的想法，因為很少有『死者』會當好朋友，但只要利害一致，就能夠建立友情。」

「利害？」

「我幫她寫功課，妹妹帶給我酒錢，這稱為共存共榮。」

「什麼意思？」

因為聽起來太莫名其妙，我忍不住皺起眉頭，但小夕和他很親密，而且雖然雨野看起來那樣，但感覺很容易親近。

雖然原本應該勸導小夕不要理會陌生人，但他也是『死者』這個事實讓我感到遲疑。

以結果來說，這樣的判斷應該算正確。

「那個女孩現在溫順多了，但起初根本不知道該怎麼和她打交道。」

「果然是這樣嗎？」

花森聽了雨野的話後說道。

雨野出現之後不久，小夕的同學也來公園裡玩，小夕去和他們一起玩，我們三個人坐在一起聊天。

雨野娓娓道來。

「受虐兒通常會因為得不到父母的愛而覺得自己沒有存在的價值，因而導致精神不穩定，產生極端的攻擊性。我第一次見到她時，她正在拚命踩蟬的屍體，那時候根本無法和她聊天。」

「是嗎？雨野先生，你似乎很瞭解。」

「少年仔，可別小看我。別看我這樣，其實我很有學問。」

他用完全感受不到有什麼學問的說話方式繼續說道。

「但是，她在遇見很多死神之後漸漸改變了。差不多有十個左右的死神曾經照顧她，雖然都沒有成功把她送去那個世界，幸好她慢慢敞開心房。看到她成長的樣子很欣慰，所以也對你們充滿期待。」

「是，我們會努力。」

花森用力點頭。

雨野聽了她的回答後抱怨說：「相較之下，我的死神還真是混。他好像是什麼上班族，每次都深夜才來找我。」我看著他忍不住想到，任何人的過去都有一言難盡的故事。

「那我走了，代我向四宮妹妹問好。」

「喔，好的，辛苦了。」

「雨野先生，今天很高興有機會和你聊天，小夕以後也繼續拜託你了。」

花森笑著說，雨野揮揮手。

「原本嚇了一跳，沒想到他人很不錯。」花森笑著說。

沒錯，我也這麼覺得。

我高興地發現，小夕受到很多人的喜愛。

即使無法得到母親的關愛，她的周圍仍然充滿了愛。

意想不到的邂逅為我們帶來了些許勇氣。

「好，我覺得士氣大振。佐倉隊員，我們要加油！」

「好啊，我原本就這麼打算。」

「你太傻太天真了，你別忘了自己欠了一屁股債，稍不留神，可能就無家可歸了。」

「閉嘴，妳不要哪壺不開提哪壺。」

我和花森的聲音在空氣中迴響，小夕聽到後跑過來。花森面帶笑容迎接女孩。我很感謝前幾任的死神，同時也堅定決心，要把接力棒交給天堂。

在淺色的天空中升起的潔白月亮清爽地笑了。

之後也和小夕一起共度每天的時光。

當她的『臨終活動』筆記本上寫著『我想吃蛋糕』，就不惜用打工的錢去買。

如果寫著『我想要文具』，就會拿著打工的錢去文具店。

雖然我好像整天都在奔走，但努力為小夕增加一個又一個幸福，希望她能夠慢慢敞開心房。

在這段日子中，也聽說她遭到虐待的狀況。

雖然從外表看不出來，但言語暴力和肢體暴力仍然持續，暴力的內容都讓人聽了於心不忍。

也許是因為小夕仍然整天面帶笑容，所以我們更加全力以赴，努力讓她的傷停時間變得更有意義。有時候雨野也會和我們一起討論，大家一起談笑風生的日子簡直就像瑰寶般美麗。

在這段日子中，如果要問哪一天的回憶最深刻，應該首推那一天。

「哇，太繽紛了，佐倉，這裡的風景真美。」

「對啊，比照片更好看。」

那是九月的某個星期天。

我們搭電車來到這座以爭奇鬥豔的波斯菊聞名的自然公園。

今天是假日，但小夕的父母都去出差，晚上才會回家。我們利用這一天，來完成她臨終活動筆記上『想去賞花』的這個項目。

雖然因為季節的關係無法賞櫻花，但小夕仍樂在其中。她在波斯菊田裡跑來跑去，就像在鮮花之間飛來飛去的蜜蜂。看到她這樣的身影，就會不禁莞爾，覺得她果然還是一個小孩子。

「要不要先來吃午餐？姊姊做了很多好吃的。」

「哇，好豐富。」

「好厲害！花森，這是妳做的嗎？」

「嗯，是我媽媽做的，不就等同是我做的嗎？」

哪裡等同？那就是妳媽媽做的！

雖然我這麼想，但看到野餐墊上的便當，還是忍不住吞了口水。日式煎蛋、太卷壽司、龍田炸雞、三明治、燉菜、香腸，還有其他的食物。平時很少吃到美食的我看到這些食物，當然會忍不住流口水。

「小夕，妳要多吃點。佐倉，你也多吃點香菇。」

「為什麼只給我香菇？」

「因為有很多香菇，多吃點。」

「喂，不要再給我香菇了，我的盤子裡都是香菇。不要把自己不喜歡吃的東西都塞給我。」

「啊哈哈哈。」

花森再次逗得我們哈哈大笑。

這種微不足道的平靜安樂隨處可見。

我覺得這也許就是幸福。

這時一顆足球滾了過來，打斷我們的悠閒時光。

「不好意思。」

「喔，佐倉，足球少年跑過來了。」

一群小學生在踢足球，他們的足球不小心滾到我們這裡。我「喔」了一聲，正想把球丟回去，花森似乎早就在等待這一刻。

「哇哈哈哈，小朋友，你們要先打敗我們，才能把球拿回去。」

「花森，妳在胡說什麼啊，趕快把球還給他們。」

那幾個小學生聽不懂花森在說什麼，一臉錯愕的表情。

但花森才不理會他們。

「不瞞你們說，這個佐倉是日本U18足球隊選手，今天可以特別陪你們玩一玩。」

「喂喂喂，妳在說什麼啊，別騙人家。」

我慌忙聲明，沒想到那幾個小學生竟然相信美女姊姊的話。

「好猛喔。」「是日本隊選手欸。」「太帥了。」他們七嘴八舌討論起來。

眼前的狀況讓我毫無退路。

「好，日本選手，那就開始吧。小夕也一起來，我們要和這些男生比賽。」

「嗯，哥哥，姊姊，一起加油。」

「不行不行，我沒辦法跑。我受了傷，不能跑——」

「花森的精湛盤球讓人想到奧利佛・卡恩！」

她一如往常，根本沒有聽別人說話。她用與生俱來的運動能力，在這些興奮的小學生面前開始盤球。這傢伙真是說話不負責任，我根本已經沒辦法跑了。更何況卡恩是守門員，我從來就沒看過他盤球。

「佐倉，傳球給你！」

「哇哇哇，傳球技術超強。」

「姊姊太厲害了。」

花森在小學生的驚呼聲中傳了一個好球給我。

我先用左腳接球，穩穩接球的技術引起一陣歡呼。

啊，真的太抱歉了。他們很快就會知道我的能耐到此為止。我深深痛恨自己無法繼續奔跑這件事。

（……）

就在這時。

我成功地甩開了某些東西真的只是巧合而已嗎？

「哇噢，好厲害！」

「太猛了！」

「喔喔，佐倉，你真的很厲害嘛！」

「呼——哈！」

我也不知道其中的原因，是因為想在花森面前露一手，還是不想辜負那些小學生的期待？雖然我不太清楚，但我明知道自己無法奔跑，還是開始盤球，就像人生最光輝燦爛的那段時光。

「攔住他！小朋友，你們趕快攔住日本隊選手！」

那些小學生聽到花森的吆喝，立刻衝過來。我腳步輕盈地閃躲。

有人低吟著「好厲害！」也有人驚訝地叫著「真的假的！」不知道為什

麼，我想起了朝月，想起在中學的操場上，她看著我踢足球時喜悅的笑容。

「佐倉，衝衝衝！」

「哥哥，加油！」

秋日的陽光比平時更刺眼。

我的能耐到此為止。

因為腳痛，我停了下來，那些小學生很快就把球搶走了。我只能苦笑，雖然也去追了一下，但畢竟太久沒練球，很快就累倒了，一屁股坐在樹蔭下。我再次體會到，小孩子真的都活力充沛。

「辛苦了。」

「喔，謝啦。」

花森拿著冰涼的茶在我旁邊坐下。她和我挨得很近，我們的肩膀幾乎可以碰到。

小夕正和那些小學生一起追著球跑。男生小心翼翼傳球給她的樣子很好玩，臉上的笑容很帥氣。

「佐倉，你剛才很帥。」

「別說了，輕而易舉就被搶走球。」

「我沒騙你，真的很帥，朝月也會喜歡。」

「……謝謝。」

「呵呵呵。」

之後，我們坐在婆娑樹影下聊天，不經意地聊著無關緊要的事。因為我們知道這比一切更寶貴。

不知不覺中，依偎的肩膀感受到她的體溫。

之後我就緊張起來，很擔心她會聽到我的心跳聲。

花森問我的腳為什麼會受傷。我回答了這個問題。因為我想要救一隻在樹上的貓。花森笑起來，然後說，難怪朝月會愛上我。我問她，是這樣嗎？花森點點頭說，誰都會喜歡啊。我問她，那妳也會嗎？花森用力點頭。我感到很害羞，移開視線。

依偎的肩膀所感受到的溫暖讓我的心漸漸融化，難得仰望的天空藍得令人感傷。

留下深刻記憶的一天就這樣過去了。

但是，事後回想起來。

那時候我太大意了。

就像路燈的明亮會讓人忘記夜晚的黑暗。

快樂的時光讓我忘記了幸福總是在失去之後才會發現。

我再次體會到必須為此付出的代價。

幾天之後，事件突然發生了。

前一天，我和小夕為隔天就是花森的生日研擬了作戰方案。

作戰方案的概要如下：

小夕事先把禮物埋在我們常去的那座公園，在生日當天，在花森面前出示她在臨終活動筆記上寫的『想玩尋寶遊戲』的內容，然後開始尋寶。用這種方式引導花森找到寶物，然後告訴她那是驚喜。

雖然方法不夠巧妙自然，花森應該在中途就會察覺事情不單純，但這不重要。因為最重要的就是讓小夕完成她想做的事。

我們背著花森討論這件事，為了以防萬一，小夕還把藏寶圖交給我。

「我想應該不會有問題，但萬一我不能去的話，請你為姊姊慶祝生日。」雖然她說的話有點奇怪，但我還是收下，就像難掩興奮的小孩子般，帶著對隔天的期待進入夢鄉。

沒想到隔天就發生悲劇。

而且帶來了我所能想到的最大痛苦。

「呵呵呵，佐倉，你看你看，我去印出來了。」

「喔喔，拍得很清楚啊。我看看。」

終於到了花森生日的那一天。因為是星期六，所以不用上學，我們在中午過後搭公車去公園。

她在路上給我看之前去自然公園時拍的照片。她用線上沖印的方式把用手機拍的照片印出來。

「我推薦這張。佐倉，你的超級盤球必殺絕技。」

「喔，妳把我拍得超帥，這張照片很不錯。」

「這是你耍帥後馬上腳痛得快哭出來的大特寫。」

「也特寫得太誇張了……連臉的輪廓都不見了。」

雖然不意外，但有一大半都是花森惡搞拍下的搞笑照片。我忍不住罵她，又覺得這也是一份回憶。

「還有這張，佐倉的內褲照。」

「妳夠了喔，誰需要這種照片。」

我們笑著聊著，暫時忘記了時間。我想著自己為花森準備的生日禮物，但不是什麼貴重的禮物。今天的重頭戲是尋寶，然後忍不住有點期待，不知道她會有什麼反應。

公車像往常一樣來到了鄰近社區，我們發現街上的動靜和平時不太一樣。有直升機在天空中盤旋，還有媒體記者扛著攝影機走來走去。一種令人不寒而慄的恐懼襲來，花森也不安地嘀咕：「發生什麼事了？」

花森拿出手機，搜尋本地新聞，然後倒吸了一口氣。

最糟糕的景象在我的腦海中閃現。

「花森，發生什麼事了？」

「……」

「花森！」

我大叫著，花森默默舉起手機。

我看到手機的內容，感受到超越了空虛的恐懼。

「怎麼會這樣？」

我嘀咕著。直升機的聲音搖晃著我的腦袋。

我終於瞭解到這個世界的殘酷。

『四宮依子涉嫌將十歲的女兒從公寓推落，遭到縣警逮捕。』

「怎麼會？小夕她……」

花森小聲呼喚著少女的名字。

我聽到了崩壞的聲音。

那天深夜。公園的時鐘指向十點。

我用鐵鏟拚命挖著公園的地面。花森坐在長椅上垂頭喪氣，一句話也不說。

之後我們打聽了很多消息。

我們先去了小夕家，然後又造訪鄰居家。

然後又拜託聚集在公寓附近的媒體記者，打聽到一些消息後，終於拼湊出整件事的全貌，那起慘絕人寰的事件全貌。

昨天，小夕和我們分手之後，像往常一樣回到家裡。

但是，她媽媽昨天的情緒特別不穩定。

失去理智的暴力無法停止，她媽媽對她拳打腳踢。有人看到她媽媽拖著流著血的小夕走去附近的公寓。

在傳出好幾聲慘叫之後，終於……

雖然小夕從七樓摔了下來，但樹叢發揮了緩衝的作用，所以她奇蹟似地並沒有當場死亡。因為我們無法去醫院，所以無法確認，據說小夕至今仍然徘徊在生死關頭。她遍體鱗傷的樣子讓人不忍想像。

「找到了。」

我靠著地圖在黑暗的夜晚終於挖到用來裝糕餅的鐵盒，擦著汗水，拿起來。

沒想到最後是用這種方式找到禮物。只不過約定就是約定。

她曾經拜託我，如果萬一她不能來，希望我能夠代勞。

然後希望我為花森慶生。我必須遵守和她之間的約定。

令人意外的是，鐵盒中只有一本筆記本。

我還以為裡面裝了要送給花森的禮物。

筆記本的封面上用可愛的字寫著『給姊姊』。她在筆記本上寫了給花森的話嗎？我戰戰兢兢地翻開筆記本。

「呃——」

下一剎那，我忍不住發出叫聲。

我立刻感到後悔。

「佐倉？」

花森發現了，她向我走來。

我感到手足無措。

「佐倉，上面寫了什麼？」

「沒寫什麼。」

我情急之下說了謊，當然馬上被她識破。

「你騙人。」

「不，這是……妳等一下。」

「上面寫什麼？給我看看。」

「不行，妳不要看。」

「為什麼？」

「別問那麼多了。」

「給我看。」

「但是……」

「我不是叫你給我看嗎？」

這應該是花森第一次這麼大聲對我說話。

她收起了平時掛在臉上的笑容，一把搶過筆記本翻開，然後看到了上面寫的內容。

那是小夕竭盡全力的復仇。

「這是怎麼回事？」

「這應該就是她的真心話。」

筆記本上寫滿了文字的風暴。

全都是痛罵我和花森的話。

『該死』、『去死』、『滾』。

連續好幾頁都寫滿無數謾罵的話。

在我和花森的名字旁，用潦草的字寫滿所有侮辱人的話。

我搞不懂是怎麼回事，是不是搞錯了什麼？

我的腦袋摸索著所有否定的可能性。

但是，接下來那一頁上寫的真相唾棄了所有的可能性。

『我希望盡可能折磨拆散我和媽媽的人。』

「不會吧……」

看了這句話，我恍然大悟。

原來是這麼一回事。

花森似乎也發現了。她在真相面前說不出話，愣在那裡。

四宮夕。

她在遭到殺害的此刻，仍然渴求著母愛。

她獨自背負家庭的黑暗，從公寓被推下樓成為『死者』。到此為止，她說的是實話，但之後所說的內容並不正確。她和黑崎、廣岡太太一樣，在罣礙的問題上說了謊。

我回想起在圖書室查到的受虐兒具有的特徵。

無論遭到多麼殘酷的對待，受虐兒都會渴求父母的愛。

小夕的言談舉止看起來很成熟，我以為她在精神上成長了。我以為她成為『死者』之後，接觸到許多死神，她在短時間內迅速成長。然而，現實並不是這樣。

即使變成了『死者』，即使遇見了死神，她對媽媽的愛仍然沒有改變。

相反地，正因為她成為『死者』，所以更加渴求母愛。她成為崩壞的女孩，為了達到目的，可以若無其事地欺騙死神。

「……」

花森默默地翻著筆記本。

我看到了寫在筆記本上的文章。

『一旦我的傷停時間結束，媽媽就會因為殺人罪而被警察抓走。我絕對不能讓媽媽被抓走，阻礙我這麼做的所有死神都是敵人。』

我想起之前和花森之間的對話。

花森曾經對我說，『死者』都希望痛苦的傷停時間趕快結束。雖然她斬釘截鐵地這麼斷言，但似乎並非事實。

小夕努力想要守護自己的傷停時間。

雖然很痛苦，雖然很辛苦，但她知道傷停時間結束，她媽媽會有怎樣的結局，所以她謊稱自己的罣礙是想要殺了媽媽，欺騙我們這些死神。不僅如此，她假裝是乖巧的孩子，等待復仇的機會，故意惹人討厭，傷害成為敵人的所有死神，讓死神對她敬而遠之，努力延長自己的傷停時間。

想到這裡，我對小夕的能力想到了一個假設。

那只是預測，但從目前的狀況分析，這個假設的可能性相當高。

她具有可以讓心臟停止跳動的異常能力，也許反映了她想要讓自己的心臟停止，而不是想讓她媽媽心臟停止跳動的罣礙。

她的同學以前曾經因為心室顫動而死。

她曾經提到，那個同學的母親訴說了對兒子的愛。

既然小夕把這件事牢牢記在心上，也許在她第一次即將死去時曾經想到，與其讓媽媽因為殺了自己而留下前科，還不如自己因為心臟疾病而停止心跳。於是自己的媽媽就可以成為眾人稱讚的對象，媽媽也可以在眾人面前談論對自己這個女兒的愛。也許她在死的時候這麼想，所以才得到了這種能力。

雖然事到如今，已經無從得知了。

「花森。」

我叫了一聲，但花森沒有回答。

這也不能怪她，因為我們無法拯救那個女孩。

我和她都後悔不已，無窮無盡的後悔折磨我們。

然而，現實更加殘酷。

我不禁痛恨即使一蹶不振，仍然冷靜思考的自己。

因為接下來我們必須做出極其殘酷的選擇。

「花森，我們接下來該怎麼辦？」

「……」

「我相信妳應該也發現了。」

花森沒回答，但我沒有停下。

「我們是不是該讓她死？」

「……」

雖然這句話出自我自己，但我仍然想要吐。

但是，不能丟著不管。

「她活在傷停時間的理由，是為了避免她媽媽被逮捕，但是，她媽媽已經遭到逮捕。雖然她現在陷入昏迷，但如果當她醒來知道一切……死神是不是該在此之前完成任務？」

「不行……不行……」

花森握緊筆記本，好像呻吟般嘀咕。我看不到她臉上的表情。

心臟好像快碎裂般發出慘叫。但現在已經沒時間猶豫了。

「對她來說，我們是敵人。母愛是她的一切，如果她知道再也無法得到，她一定會讓自己的心臟停止跳動，也許會自暴自棄，把停止心跳的能力用在其他人身上。即使傷停時間內發生的事會歸零，但不能讓這麼年幼的孩子殺人，沒有方法可以阻止她。既然這樣，我們是不是應該發揮死神的職責？」

「但是……但是……」

花森不停地嗚咽。我也一樣。雖然嘴上這麼說，但我知道自己不可能做到。即使如此，我仍然必須這麼提議。

今天，我們在調查這起事件的過程中，曾經和一名中年男子交談。那個男人因為剛好路過，所以看到了小夕被推下樓的現場。那個男人說著「我讓你們看」，然後拿出手機給我們看時，我真想殺了他。

為什麼他會想要拍下小夕面目全非的樣子？

為什麼？

「她無法再用自己的雙腳走路，也無法看前面。她能夠活下來是奇蹟，但她現在只剩心臟仍然在跳動而已，而且也是時間早晚的問題。即使我們手段粗暴，警察也不會抓我們。因為傷停時間內所發生的事都會歸零，所以我們……」

「我……不要！」

這可能是第一次。

花森哭了起來。

她渾身顫抖、害怕，發出好像侵蝕靈魂的悲痛聲音。

她悲痛的聲音和絕望一起侵蝕我的心。

於是我知道，她的內心已經無法承受了。

「花森！」

花森整個人癱軟在地上。我慌忙跑了過去。

她還有呼吸，意識也很清楚，但內心無法接受。

「請你……無論如何……別這麼……」

「但是，花森！」

「拜託你。」

——我基於個人因素想幫助這個女孩。

我在可以看到大海的沙灘上，想起了花森說的這句話。

我、我……

「媽的，媽的。」

愚蠢的我在比新月更淡的秋月下無法做出決定。

隔天，小夕的案子輕易結束了。

昨天晚上，我們無法採取任何行動。

我去自動販賣機買了水，讓花森躺在長椅上，度過漫長的夜晚。花森不知道是睡是醒，不時嘀咕著「拜託了」。這句話把我留在暗夜深處。

天亮之後，狀況仍然沒有改變。

花森仍然無法動彈，我在無奈之下，正打算叫計程車時，一切就結束了。

在一片像晚霞般紅得很不吉利的晨曦中結束了。

我突然發現手上的筆記本消失不見了。

花森似乎也發現了。在那個剎那，懊惱得忍不住咬住嘴唇的同時，也發現內心鬆了一口氣。

不知道是醫生搶救失敗，還是另一個原因？雖然現在已經無法確認，但一切都結束了。這個事實穿過我的內心，帶著絕望、失望和少許的安心。

「小夕。」

花森用手捂著臉輕聲呼喚著。

小夕到底在想什麼？

她被母親毆打，從公寓推下樓，但她仍然忍耐，不使用死者的能力，她到底在想什麼？

我已經完全無法想像她的心情。

我以為一切都結束了。

我以為悲劇畫上了句點。

雖然悲傷、痛苦幾乎把我撕裂，但我以為這件事已經結束了。

我明明知道，幸福總是在失去之後才發現。

照理說應該結束了。照理說悲劇已經結束了，但其實並沒有結束。

這個世界把我們逼入絕境。

小夕的復仇才正要開始。

「喔，原來你們在這裡啊。」

「啊？」

漫長得像永遠的時間不知道過了多久。

一個男人向坐在長椅上的我和花森打招呼。

看到他的臉，我忍不住擠出驚訝的聲音。

「雨野先生。」

「沒錯，遊民雨野叔叔。」

看到他冷笑的樣子，我忍不住皺起眉頭。

怎麼回事？小夕死了，他為什麼還笑得出來？

他該不會還不知道？如果是這樣，我必須告訴他這件事。我暗自想著。

但是，我多慮了。雨野說了意想不到的話。

「少年仔，尋寶的結果怎麼樣？」

「什麼？」

「那些詛咒的話是不是絕讚？那可是我幫她出的主意。」

「啊——」

我和花森聽了雨野的話，發出空虛的聲音。

什麼？這個人在說什麼？

雨野幫小夕出的主意？什麼意思？

雨野對我們露出冷笑，說出真相。

「你該不會和小夕……」

「沒錯，我不是說了嗎？我幫那個妹妹寫功課，她帶給我酒錢。」

雨野哈哈大笑著，拿起日本酒的杯子仰頭喝起來，醉醺醺地低頭看著我們。他的眼神冰冷而又冷酷，令人不寒而慄，說不出一句話。

「我討厭那些對不幸的我不理不睬，日子過得很開心的人。我死得那麼不幸，那些人竟然不知道這件事，然後笑得很開心，我最討厭那些人，所以我決定要讓這些人都陷入不幸。那個妹妹和我很合得來，想要趕走討厭的死神。既然這樣，我就向她傳授了有效的方法。她按照我說的方法去做，遭到背叛的死神最後受傷的樣子簡直太棒了。少年仔，有沒有上了一課？並不是每個『死者』都是好人，也有像我這樣，以別人的不幸為樂的『死者』，哇哈哈哈。」

「你……」

他的笑容、他的聲音讓我怒不可遏。

他竟然玩弄小夕。我渾身的血都衝向腦袋，幾乎想要撲上去抓他。

但並不是理智阻止我這麼做，而是他說出了令人難以置信的話。

「只不過我們並沒有想到妹妹真的就這樣死了，虧我們是不錯的搭檔。不過，不必擔心，妹妹告訴我一件很重要的事。我要好好感謝她告訴我這件事。」

「啊？」

「——」

我納悶地皺起眉頭。剛才始終低著頭的花森不知道為什麼突然站起來，臉色從來沒有這麼蒼白。

她露出空洞的眼神，聲音也在發抖。

「等一下，你想要說什麼？」

「哇哈哈哈，妳應該已經猜到了吧。」

「別說了，拜託你。」

「我不要，妳知道我多期待這一刻嗎？」

「拜託你，你要我做什麼都行。」

「不需要，我只想摧毀妳。」

「等一下，拜託了，求求你。」

花森大叫著，在一臉茫然的我身旁放聲尖叫著。

怎麼回事？你們在說什麼？你們到底在說什麼？

下一剎那，我終於知道什麼是真正的絕望。

「少年仔，你應該聽過『死者』可以認出『死者』這件事吧？」

「那又怎麼樣？」

「等一下，別說了。」

「我聽說這個女高中生比你早一步去和四宮妹妹見面，你知道為什麼嗎？」

「因為兩個女生要先聊一聊……」

「對，就只是這樣，就是這麼簡單。」

「不，當然不是，而是為了讓她隱瞞。」

「啊？隱瞞什麼？」

「別說了，別說了，拜託你。」

「她是『死者』，她是『死者』在當死神。」

「啊？」

我茫然不知所措。

世界無聲地靜止。

我和花森的未來在這個瞬間消失了。

第五章　幸福花

「什麼？」

我驚訝地大聲反問。這也是理所當然的事。

花森是『死者』，卻在當死神？你到底在說什麼？

即使面對我的困惑，花森仍然沉默不語，雨野繼續說下去。

他看起來心情很愉快，臉上露出令人不快的笑容。

「看你的態度，似乎還不知道內情。死神有兩種，一種是只能當半年死神的打工仔，還有一種是『死者』當死神的無期限死神，大家幾乎都知道這件事。」

雨野笑著，繼續笑著。

吐出令人無法抗拒的絕望笑著。

「當『死者』多年，我曾經多次受邀，問我要不要當死神和其他『死者』接觸，重新認識自己。如果我答應了，就可以開始幫助其他『死者』，然後由這個僱用期間不會受到限制的『死神』培養其他打工仔，否則不是會影響業務的順利進行嗎？」

「這絕對是騙人。」

雖然我小聲嘀咕，但無法完全否定。

我內心的確曾經產生疑問，花森似乎經驗很豐富。雖然她比我更早當死神，但我之前一直很納悶，為什麼我們之間會有這麼大的差別。

但是——

「我還是覺得這在騙人。『死者』可以發現『死者』，但至今為止遇到的『死者』看到花森時，都從來沒有說過什麼，所以你在騙人。」

我對雨野說，努力想要逃避恐懼。

這是為了袒護花森。不，不對，是為了保護我自己。

然而，我的希望輕易遭到了摧毀。

「你真的受騙上當了。四宮妹妹說了，最初是一個女高中生去找她，請四宮妹妹隱瞞那個女高中生也是『死者』的事。」

「！」

雖然我不願相信，但想起了之前的種種不對勁。

朝月、黑崎和廣岡太太。每次都是花森先去找他們，而且，我還想到幾件事。

黑崎在消失時曾經對花森說：「妳自己也很辛苦，謝謝妳幫了我這麼多。」廣岡太太也說：「希望妳可以得到幸福。」原本以為只是臨別的話，但現在我從這些話中體會到不同的意義。第一次遇見雨野時，花森也格外緊張。在思考這些事之後……

怎麼可能？不會吧？

「花森，這不是事實，對嗎？」

「……」

「花森，妳為什麼不說話？」

「……」

「花森，這不是真的，對嗎？」

「……」

「花森！」

「哇哈哈哈。」

雨野大聲嘲笑陷入絕望的我。

火紅的朝霞好像散發出莫名的憤怒。

「太棒了！我就是想要看到這個畫面。四宮妹妹，太感謝妳了，讓我在最後看到了精采的絕望。傷停時間太棒了，我想要繼續製造不幸，這個世界虧欠我，我要讓每個人都不幸，王八蛋！」

雨野怨恨的感情爆發，我完全被他震懾了。

他滔滔不絕，恣意嘲笑。

我已經沒有勇氣看他的臉。

「事情搞定了，那我就告辭了。四宮妹妹要我轉達最後的留言，『祝你們遭遇最大的不幸』。死神，那就拜拜嘍。」

他嘲笑完所有的一切，感到心滿意足了嗎？

雨野說完這句話，毫不猶豫地離開了。

我們只能愣在原地。

「佐倉。」

「……什麼事？」

這一刻終於到來。

我和花森的這種關係將要畫上句點。

「我之前不是曾經告訴你，有的死者可以讓時間停止嗎？」

「對。」

「那是我的能力，對不起。」

轉眼之間，花森就突然從我的面前消失不見了。並不是像煙一樣漸漸消失，而是突然就不見了。幾秒之後，我才終於瞭解狀況，瞭解到她讓時間停止，然後就消失無蹤了。

「這是什麼？」

我發現自己手上拿著什麼東西。

我不知道是怎麼回事，但手上握著一萬圓。應該是她在讓時間停止時塞到我手上。這是什麼意思？光是思考這個問題，就讓我怒不可遏。竟然用這種東西、用這種東西……

「媽的，媽的！」

我踹著長椅，但當然無法平息內心的怒火。

我踹了一次又一次，一次又一次。

「媽的，媽的，王八蛋！」

無處宣洩的憤怒始終揮之不去。

那一天變成毫無進展的一天。

我在公園內茫然不知所措，去自動販賣機買了咖啡，但完全不想喝，最後丟掉。

搭公車回到家後去了圖書館。因為我想確認小夕的傷停時間結束後，那起事件的後續發展。

打開電腦，輸入關鍵字後，點進相關的報導。事件的結局讓人感到悲哀。

把小夕推下樓的媽媽只被判處五年有期徒刑，難道是因為法官認為她的確在職場承受了過度的精神壓力嗎？法官說的「她既是加害人，同時也是失去心愛女兒的被害人」這句話充滿屈辱。小夕看到這句話應該會感到高興。我只能用這種方式說服自己。

回到家之後，我懶洋洋地躺在那裡。因為我昨晚幾乎沒睡，身體已經疲憊不堪。我想好好睡一覺，讓自己放輕鬆，但在這種狀況之下當然不可能得到安眠。

為什麼？為什麼不告訴我？

我滿腦子都想著這個問題。

我用拳頭捶著枕頭。我的幸福始終無法持續，在覺得自己得到的瞬間，就從掌心溜走了。絕望的夜晚完全無法闔眼，就這樣迎接了星期一的早晨。

痛苦侵蝕著我，讓我想要嘔吐。

（無論如何都要去學校。）

是因為我追求一線希望，所以才會這麼想嗎？

希望可以見到她，和她好好談一談。我相信這一點，獨自走在昏暗的上學路上。但是，這種想法毫無意義。

這一天，花森沒有來學校。

隔天也沒有，隔天的隔天也沒有來學校。

過了兩個星期，她仍然沒有來學校上課。

班上的同學也忍不住為她擔心，我偷聽到同學說，她們甚至無法聯絡到花森。即使問老師，老師也只是說她家裡有事。這個事實令人沮喪。

怎麼辦？我該怎麼辦才好？

沒想到竟然會變成這樣。

這段期間，我當然不是什麼都沒做。我曾經打電話，也鼓起勇氣向和花森很要好的同學打聽了她家的地址，去她家找她，但結果不出我的意料。

她的手機關機，即使去她家，也見不到她。

我來到花圃很漂亮的獨棟房子前按了門鈴，當我回過神時，發現自己手上又握了一萬圓。

我很懊惱，也很難過。沒想到我們之間的關係竟然會以這種方式結束。

這個事實讓我坐困愁城，無法採取任何行動。

「以後該怎麼辦？」

沉落的太陽沒有回答。

接下來的日子真的都很廢。

時序進入十月，衣服換了季，寂寥和空虛越來越強烈。

時間流逝，理不出任何頭緒，也找不到任何解決的方法。

雖然每天早晨起床去學校，卻見不到花森。

放學之後，這種情況也沒有改變。

只有日復一日的寂寞。

我很痛苦。生活中只有痛苦。

原來花森是『死者』。

那是已經死亡的生命。這個事實把我逼入絕境。

真的無能為力了嗎？

真的無法逃避分離的命運了嗎？

她為什麼會死？

她帶著怎樣的心情生活在傷停時間？

我滿腦子都在思考這些問題，腦袋都快爆炸了。

夜晚的黑暗中，莫名的怪物蠢蠢欲動。

一整排獠牙讓我惡夢連連。

黑色的水在內心累積，紅色的心臟溺了水。

我想起之前花森曾經給我辭職信。

該下定決心了嗎？我沒有答案。

無助的時間持續，十月也過了一半。

見不到花森即將滿一個月。

在這樣的日子裡，希望以意想不到的方式出現在眼前。

某一天深夜，以完全出乎意料的方式出現了。

「喔，原來是真司。」

「爸爸。」

雖然這天我很早就上了床，但很快從淺眠中醒來，於是走去廚房想要喝水，看到了爸爸。他什麼時候回家的？

爸爸坐在客廳，連燈都沒有打開。

「好像很久沒見到你了，你是不是瘦了些？」

「你有資格說我嗎？你自己也太瘦了。」

雖然我冷冷地回答，但突如其來的重逢讓我有點不知所措。爸爸從事運輸工作，在全國各地奔波，我真的很久沒看到他了，而且這一陣子發生了太多事，我不知道該怎麼面對爸爸。氣氛有點尷尬。

但似乎只有我這麼認為。

「真司，最近怎麼樣？學校還順利嗎？」

「啊？」

黑暗中傳來開朗的聲音，瞬間融化了我的心。

「呃，算是馬馬虎虎吧。嗯，馬馬虎虎。那你呢？帳戶的餘額完全沒有增加。」

「哈哈哈，當然不順利，誰叫我有前科呢？」

「你這是自暴自棄嗎？哪有這麼笨的爸爸。」

聽到爸爸惡作劇的回答，我忍不住罵髒話，但還是輕輕笑了笑。

不瞭解狀況的人聽了我們剛才的對話一定會勃然大怒，覺得是爸爸把我害得這麼慘，但我並沒有生氣。因為我知道，爸爸是值得尊敬到有點傻的人，所以才會遭到逮捕。

我很快就知道自己的想法完全正確。

「你和你女朋友怎麼樣了？進展到什麼程度了？」

「我才沒有女朋友，還不是因為我爸爸太笨了。」

「你少騙我，我剛才看到那件帥氣的泳褲了。」

「就只是泳褲而已，我和朋友一起去玩的時候買的——」

「你又說謊了，你不可能為了和朋友去玩花錢。我知道了，是女生，對不對？」

「……我又沒和她交往。」

「哇哈哈，我就知道是女生。」

「煩欸，到底想怎樣啦！」

我只是隨口說了這句話。

沒想到爸爸的回答出乎我的意料。

「唉，朝月家的女兒去世已經五個月了。你當時憔悴的樣子讓人看了於心不忍……所以我一直很擔心。」

「呃——」

聽到爸爸無力地說出這番意想不到的話，我忍不住屏住呼吸。

我完全不知道。原來在朝月車禍身亡的世界，我變成了那樣，但也許並沒有什麼好奇怪的。

我喜歡朝月。

當我得知再也見不到朝月時，一定會有一種世界末日般的絕望。

既然這樣，我在原本的歷史中痛苦掙扎也合情合理。只是對現在的我來說，那是在另一個陌生世界發生的事，讓我有點驚慌失措而已。

爸爸怎麼看待那樣的我？

爸爸用深沉的聲音說了起來。

「我一直很擔心。因為你從小就是一個心地善良的孩子，你的腳受傷時，還有你媽離開時，你都表現得很堅強，不希望我為你擔心。只有那一次，你簡直失魂落魄。你以前從來沒有那樣，我第一次看到，所以我很害怕。因為我很擔心受了傷的你會從我面前消失。」

「……你在說什麼啊，我怎麼可能消失？」

雖然我態度冷淡，但仍然無法掩飾自己聲音在發抖。

我不知道爸爸曾經害怕，我不知道自己在原本的歷史中是那種狀態。最重要的是，我發現了一件事。同樣是失去朝月，現在的我比原來進步了。雖然現在身處失意的深淵，但在不久之前，我的確前進了。理由只有一個。

內心的真相就像夏日的暴風雨般出現。

像暴風，像雷鳴般突然出現。

「真司，我真的是一個不稱職的父親，因為控制不住自己的情緒，毀了全家人的幸福。雖然我沒資格說大話，但我希望至少你可以得到幸福。我看到你在廚房存的錢，你在打工嗎？記得把那些錢花在自己身上，因為那才是我最大的幸福。」

「我知道。因為我有想要的東西，所以開始存錢。你從剛才開始就說這種莫名其妙的話，該不會喝了酒？」

爸爸難得流露出脆弱的一面，我有點害羞，所以就用這種方式掩飾。我知道爸爸從來不喝酒。

爸爸似乎看穿了我的真心。「是嗎？你小時候不是曾經把零用錢存起來，幫你媽買了一個她一直想要的皮夾嗎？」我回答說早就忘了，但其實還記得這件事，記得當時為了得到稱讚而這麼做。我很高興爸爸記得這件事。難得和爸爸共度的夜晚太愉快了。

我突然想到。

啊，我們果然是父子。

爸爸離開政壇後，運用自己的知名度開了公司，但以前的政敵百般阻撓，而且侮辱爸爸的下屬，所以爸爸就動手打了對方。爸爸打了惹不起的對象，前政治人物的暴力被扭曲成傷害事件。

暴力就是暴力，我並不打算袒護衝動的爸爸。

只不過我相信爸爸為了下屬而動怒的行動是一種善良。雖然我自己並不清楚，但如果我真的心地善良，那絕對是爸爸遺傳給我的。我可以很有自信地這麼說。

這是在絕望中翩然而至的心靈邂逅。

那個夜晚，有什麼奇妙的東西在翻騰。

事後回想起來，那個夜晚成為一盞明燈，引導所有的一切。

隔天是假日，我一大早就情不自禁前往朝月家。

「對不起，我上次太失禮了。」

「你不必放在心上，我才感到抱歉。我知道你不是壞孩子，卻對你說了重話。」

我按了門鈴，當朝月的媽媽開門時，我立刻向她鞠躬。朝月消失的那一天，雖然我當時不瞭解狀況，但還是深深傷害了她。

朝月的媽媽看到我，顯得有點不知所措。

是憤怒還是驚訝？雖然我不知道，但我知道她內心的感情很複雜。

但是，過了一會兒，她嫣然而笑——露出和朝月同樣溫和的笑容原諒了我，我頓時感到枯竭的心得到滋潤，同時從她憔悴的臉上察覺一切，內心深處陣陣抽痛。

「今天我老公出差不在家，我會告訴他你來過了。」

「謝謝阿姨這麼費心。」

朝月的媽媽請我進屋，在走廊上閒聊時，我努力克制著內心的焦躁。老實說，來這裡需要相當大的決心。

雖然我知道必須登門道歉，但遲遲無法下定決心。因為我知道一旦來這裡，就必須面對朝月的死亡，而且也很害怕面對這個失去黑髮人的白髮人。因為她那天痛罵的話就像擦不掉的泥巴黏在心上。

但是，即使我是這樣一個人，她仍然原諒了我。

我也不知道自己今天為什麼來這裡。只是昨天晚上和爸爸聊天後，直覺一直在我耳邊細語，要我來這裡。這名少女是我開始打工的契機，我覺得必須借助她的力量，才能讓停滯的時間重新動起來。

「佐倉，你來向靜香打聲招呼。」

「好。」

當我下定決心來到客廳時，終於迎接了這一刻。

我有多久沒有見到這張無法忘記的可愛笑臉？

我終於和可愛的少女久別重逢了。

「好久不見。」

朝月。

我輕聲對佛壇上的少女遺像打招呼。

我看著她富有光澤的黑髮、秀麗的臉龐和笑容，露出淡淡的微笑。

這張照片是在高中入學典禮時拍的嗎？那時候我們還在交往，彼此的人生都很燦爛，所以我和朝月都很自然地露出笑容。因為我們當時並不知道，這份幸福會毀於一旦。

我跪坐在遺像前，在她淡淡的笑容前陷入沉默。

怎麼會這樣？我原本以為來這裡時會產生更特別的感情，難道是已經過了一段時間的關係？當我面對她時，完全感受不到激情，內心只剩下空虛，覺得她真的死了。這種感覺太寂寞了。

「我去倒茶，你等我一下。」

「好，謝謝，不好意思。」

朝月的媽媽起身離開，她是故意迴避嗎？如果是這樣，我必須感謝她。終於有了和朝月獨處的時間，因為我有很多話要對朝月說。

「朝月，很久沒有見面了，卻問妳這種問題，我到底該怎麼辦？」

我對她說。

那種感覺，就像是慢慢打開皺成一團的折紙。

「自從妳離開之後，我每一天都很努力。因為我相信只要做好死神的工作，就可以找到關於妳的真相。但是好難啊，我以為我快抓到了，最後還是無法救小夕，也無法再見到花森了，只有滿滿的後悔。為什麼我的人生中有那麼多後悔？」

我在小聲嘀咕時意識到一件事。

啊，我真的是感情用事的人。我再次認識到這件事。

我想瞭解朝月的真相，也想瞭解花森。我來到這裡是想要尋找希望擺脫這種痛苦，但充滿內心的不是悲傷，而是憤怒。

為什麼？

朝月，妳為什麼都不告訴我？

我對她始終沒有告訴我真相感到憤怒。這種憤怒在內心不斷湧現。

她沒有告訴我她是『死者』，也沒有告訴我那是我和她最後的時光。

既然她知道，為什麼不告訴我？她明明知道她不告而別，我一定會傷心欲絕。

「我很努力，我真的很努力，無論是廣岡太太的時候，還是小夕的時候。雖然也有挫折，但我還是很努力。因為我相信只要繼續做這個工作，就一定可以找到真相，沒想到最後什麼都沒有，只剩下後悔。為什麼？妳為什麼拋下了我？為什麼——」

我垂頭喪氣，癱坐在地上。

沒有答案的痛苦讓我發出了無聲的嗚咽。

奔跑的腿、溫柔的媽媽、燦爛的未來、朝月、花森。

我失去了這一切，不知道該如何在這個世界繼續活下去。

（朝月、花森……我到底該怎麼辦？）

握緊的拳頭甚至無法感受到疼痛。

但是，就在這時——

有一個聲音拯救了我。

從遙遠的過去而來，經過我所不知道的世界而來。

那個聲音讓我覺得今天來這裡絕非偶然。

「佐倉，請喝茶。」

「喔，不好意——啊？」

在我沮喪了很久之後。

朝月媽媽不知道什麼時候回到客廳，她把茶遞到低著頭的我面前。

那是什麼？朝月的媽媽把茶遞給我時，同時遞過來一本小小的紫色記事本。那是朝月喜歡的顏色。

朝月的媽媽親口告訴我那是什麼。

「對不起，原本應該更早給你看，但我一直拖到今天。這是靜香寫的日記，她有時候會給我看，上面寫了很多關於你的事，所以我覺得一定要給你看。」

「啊——」

聽到這裡，我倒吸一口氣。

對了，我想起來了。以前我們在交往時，朝月的確向我提過這件事。她說，她在寫簡單的日記，每天會記錄自己的一些想法。

她也曾經給我看過。沒有寫什麼特別的事，只是淡淡記錄當天發生的事。

但是，朝月的媽媽說，希望我看她的日記。

朝月的媽媽還說，日記中提到我。

這到底是怎麼回事？

「佐倉，現在說這種話只會讓你難過，但我還是要說。她一直很希望能夠和你復合，和你一起讀書，一起上大學，希望你們可以再次打造未來。我忘了從什麼時候開始，她不再在日記上寫一天中不開心的事，而是開始寫她的希望、想要明天發生的事，好像要努力抓住得不到的未來。」

「！」

聽完朝月媽媽說的這番話，我不顧一切地翻開記事本。

我來不及思考，就拚命看了起來，然後說不出話。

因為上面全都是朝月渴望的未來。

『希望詩織的檢查會有好結果。』

『希望奶奶的感冒趕快好起來。』

『希望真理在社團比賽中得冠軍。』

朝月的日記寫的不是今天發生的事，而是夢想明天會發生的希望。她用溫柔的文字寫下她的希望，娟秀的字跡宛如在祈禱，宛如在祈求。

而且，她真的寫了關於我的事。

『希望可以和佐倉讀同一所大學。』

『希望有一天可以和佐倉一起去旅行。』

『希望可以和佐倉建立幸福美滿的家庭。』

然後——

『希望可以和佐倉獨處，好好任性一下。』

（這是？）

我想起來了。我想起那天晚上。

朝月最後說的那句話。

——今天真的很高興，謝謝你接納我的任性，佐倉，拜拜。

（朝月，妳該不會……）

喔，原來是這樣，原來是這麼一回事。

我捧著她的記事本，終於恍然大悟，終於瞭解到和朝月最後那一晚的真相。

我有言在先，那只是假設，只是我想像的假設，但是，我對這個假設很有把握。我確信那天晚上，朝月追求了自己的幸福。

花森曾經對我說：

朝月放棄修補和妹妹之間的關係，就像黑崎一樣，不指望放下罣礙，接受自己已經無能為力的事實。但是，朝月之後的選擇似乎和黑崎並不一樣。

朝月做出不同的選擇。

她在離開這個世界之前，選擇和我兩個人單獨相處。

她想好好任性一下，追求屬於自己的幸福。她渴望這樣的未來，即使明知道因此會造成我的痛苦。

我一旦知道朝月是『死者』，應該不會和她好好聊天。為什麼？怎麼會這樣？我一定會連番問這種問題，讓朝月不知所措。

朝月知道我會有這樣的反應，所以才向我隱瞞她是『死者』這件事。

因為她不想談論過去的後悔，而是想和我談充滿希望的未來，所以她請花森為她隱瞞，希望花森不要告訴我她是『死者』這件事。

朝月的媽媽對我說——

朝月從某個時期開始，不再寫痛苦的過去，而是寫下明天的希望。

是不是因為和我分手，和妹妹之間的關係也不如意，但仍然想要對人生抱有希望，所以才會寫下這些內容？果真如此的話，和我聊天的最後時光，很可能就是朝月對人生最後的清算。

她和我一起描繪了寫在記事本上的夢想，卻完全沒有告訴我真相。

她好好任性了一下，充分享受自己一個人的幸福。

即使知道我會因此受傷，她相信我一定會原諒她。

如果我的想像正確，還有比這更令人高興的事嗎？

因為全世界應該只有我一個人。

全世界只有我能夠讓溫柔婉約的朝月這樣耍任性。

「佐倉，對不起，讓你看這些日記，你一定覺得很困擾吧？但不知道為什麼，我覺得無論如何都必須給你看一下。」

「不，謝謝阿姨，這些日記拯救了我。」

朝月的媽媽一臉歉意的表情，我坦誠說出內心的想法。

我得到救贖。我內心的某個部分的確得到了救贖。

我完全沒有想到竟然會在這個節骨眼發現我一直追求的真相。不僅如此，我內心還有另一個部分也得到了救贖。

（朝月，我……）

我可以感覺到自己的靈魂被點亮了。

我再度體會到，傷停時間雖然殘酷，至於是否所有的一切都很殘酷，我認為並非如此。

朝月終究無法放下她的罣礙，直到最後都無法和妹妹言歸於好，但她仍然上了路，她在這個世界找到小小的幸福，平靜地上路。

我原本以為無能為力。

但是，事實並非如此。

如果有人引導朝月接受了現實，那就非那個人莫屬。無論怎麼想，都覺得只有那個人在那段痛苦的日子默默支持她，持續陪伴在她身旁。

（——花森。）

我呼喚著這個名字，呼喚著這個此刻一定獨自感到害怕的少女名字。

我不知道她為什麼會死，但這件事並不重要，因為我知道更重要的事。

她隨時都在我身旁。

她雖然有點粗枝大葉，但開朗樂觀，隨時在我身旁對我展露笑容。

當我自暴自棄時，她沒有捨我而去，而是埋葬了我的寂寞，讓我知道自己並不孤單，然後她讓我遇到了各種不同的『死者』。

——我有一個無論如何都想實現的願望。無論如何，無論如何都要實現。

我記得曾經聽花森提過她的願望。那時候我希望更瞭解她，我已經知道了其中的原因。

她幫助了我，用燦爛的笑容像太陽一樣照亮我。

所以，接下來該換我來幫助她了。

我打的這份工時薪才三百圓，買一盒章魚燒就花完了，簡直黑心到極點，但這份工作太棒了，可以拯救他人，而且還可以領薪水。

有『死者』陷入了困境，我怎麼可以不去救她？

因為我是時薪三百圓的死神。

「不好意思，我要告辭了。」

「啊？」

我闔起記事本站起來。

朝月的媽媽一臉驚訝地看著我。

因為我不請自來，看了日記之後又馬上說要告辭，她當然會驚訝。

但是，我毫不猶豫。

「對不起，我剛來就要走，但我現在必須馬上去一個地方。我一直為自己無法為靜香做任何事感到煩惱。但是，看了日記之後，我確信一件事，我為靜香的幸福盡了一點點微薄的力量。正因為這樣，我現在必須去一個地方，因為我必須把這份幸福傳遞到下一個世界。」

「……」

朝月的媽媽一臉茫然。

她有這樣的反應合情合理，因為我不該對不瞭解內情的人說這些話，即使這樣，據實以告這件事仍然有意義。因為我希望她瞭解的並非其中的來龍去脈，而是想要讓她知道，她的女兒救了我。

「……呵呵呵。」

「啊？」

朝月的媽媽為什麼對我做出這樣的反應？

我以為她會納悶，沒想到她對我露出平靜的微笑，那是我看過無數次、和朝月一模一樣的笑容。

更不可思議的是，我同時聽到了朝月的聲音。

「佐倉，雖然我不太瞭解狀況，但能夠幫到你真是太好了。你現在臉上的表情很棒，和以前踢足球的時候一樣。我相信靜香也會很高興，因為她能夠讓她最愛的男生露出笑容。」

「——好，謝謝。」

朝月媽媽的這句話比任何事更讓我高興。

因為我覺得似乎聽到遙遠的世界傳來了一直渴望的朝月對我說話的聲音。

我鞠躬後向朝月媽媽道別，然後奔跑起來，眼角掃到的遺像似乎在對我微笑。我相信那並不是我的心理作用。

我在走廊上奔跑，衝出玄關，在藍天和太陽下奔跑。

沒錯，我在奔跑，已經無法跑步的我在奔跑。

這是理所當然的事。我當然可以奔跑。

因為跑步是我的強項。

我點燃了生命之火，撼動靈魂，持續奔跑。

我盡情奔跑，好像要穿破雲層，穿破藍天。

風始終成為我的助力。

「……唉！」

之後，我一直在奔跑。

傍晚時分，我跑夠了之後，獨自坐在夕陽沉落的海邊。無所事事，沉默不語，只是茫然地坐在那裡。

至於我為什麼會坐在這裡，就要把時間稍微往回拉。

我衝出朝月家之後，回到家裡，撥打了花森的手機，期待也許可以打通，但果然不出所料，她的手機仍然關機。如果我去她家，也只會讓自己的零用錢增加，既然這樣，我決定採取下一個手段。

「喂，等一下！住手！你在開玩笑吧！？」

「很遺憾，我是認真的，雨野先生，請你做好心理準備。」

我採取的手段很簡單。

我搭公車前往小夕以前住的社區，再度拔腿狂奔，找到了在公園睡午覺的雨野，然後用美工刀抵住他的脖子。

他可能從我臉上的表情察覺我是認真的，所以緊張起來，但我完全不打算鬆手，小聲對他說：「我要和花森說話，你要幫忙。」

「我、我會按你的要求去做。救、救命！」雨野大聲叫著，臉色嚇得發白。

如果問我為什麼要這麼做，其實我正在尋找戰勝花森的方法。

花森有能力讓時間停止。老實說，這種能力太強了，只要她擁有這種能力，無論我再怎麼設法靠近她，她都可以逃之夭夭。事實上，她之前已經逃走了兩次。

既然這樣，我該怎麼辦？

我最後想到了一個答案，那就是用『死者』的能力制伏她。

雖然我不知道雨野的能力是什麼，但至少勝過什麼能力也沒有的我。即使失敗，也可以讓雨野找其他『死者』幫忙。我相信遲早可以找到比花森更厲害的能力。

幸好不需要這麼麻煩。

「我的能力是只要想到某個人，即使那個人離得再遠，也可以用心電感應的方式傳達意念。雖然只能單向傳送很不方便，但我就是用這種方法偷偷和四宮妹妹見面。」

雨野冷汗直流地向我說明後，我立刻要求他傳意念給我試試，發現他所言不假之後，確信可以使用這個方法，然後指示他向花森傳遞訊息——『我會在可以看到大海的沙灘上等妳到永遠。』

「雨野先生，你真的傳出去了嗎？」

「傳了啊，我也向她說明我的能力。」

「我不相信。」

「我怎麼可能在眼前的狀況下說謊？你如果知道我騙你，不是會殺了我嗎？」

為了謹慎起見，我再次確認後，向雨野道謝，搭公車回到住家附近，又跑去車站搭電車，搭了幾站——

於是，我終於來到這片可以看到大海的沙灘。

坐在這片我曾經向花森訴說關於我媽的事的沙灘上。

「唉。」

我在寒冷的陽光下嘆氣思考著。

我知道，我的行為和絕食抗爭差不多。

我非常清楚，這就像小學生把自己關在房間裡，揚言「除非媽媽向我道歉，否則我就不吃飯」沒什麼兩樣。

其實我也曾經想過其他方法。

比方說，傳訊息給花森，威脅她說幾點幾分，我要從學校的頂樓跳樓，如果她不希望我這麼做，就要來見我。我也想過用這種方式逼迫她來和我見面。如果想簡單解決，也許這種方式更確實。

但是，我最後沒有採用這個方法。因為如果她是逼不得已來和我見面，就失去了意義，最重要的是我覺得這麼做太無聊。

所以我請雨野傳了訊息，然後又補充了一句——『雖然現在說好像太順便了，我要把之前來不及給妳的生日禮物交給妳，希望妳在我因為肚子餓把它吃完之前來領取。』接下來只能聽天由命了。我相信這種關係對我們剛剛好。

「不知道需要等幾天呢？」

我看著大海，在空無一人的沙灘上自言自語。

我做好了長期抗戰的心理準備。她不可能一收到訊息，看到我要她來這裡，就馬上來和我見面。我當然知道事情沒這麼簡單。

所以我決定要發揮耐心等待。

無論等幾個小時、等幾天，我都會等待，保持心情平靜，當花森出現時，可以用笑容迎接她。

時間流逝，太陽漸漸沉落。大海的顏色越來越深，月亮升起。

她不會來。沒問題，她一定會來。

天亮了，太陽升起。花森沒有出現。即使這樣也沒關係，我繼續等待。

月亮升起。我在等待。太陽升起。我在等待。

當我回過神時，發現旁邊放著飯糰和水。

她的可愛令我莞爾，但除了水以外，我沒有碰其他東西。這是我的志氣。

月亮升起。太陽升起。又是月亮。又是太陽。

我持續等待。

不知道這樣等了多久。

太陽下山，月亮升起。周而復始，一天又一天。今晚應該也會很冷。我這麼想著，用力打著忍不住想要去拿飯糰的手。

就在這時，我發現了。

我發現溫暖包圍了我的手。

我發現大海的海浪靜止不動。

花森曾經告訴我，在時間停止的世界中，只要碰某一個人，就可以解除那個人停止的時間。原來如此，原來這就是時間停止的世界。既然這樣，坐在我身旁、握著我的手的少女，一定就是我引頸期盼的少女。我把這份欣喜寄託給月亮。

「嗨，好久不見。」

「你腦筋有問題嗎？簡直亂來。」

清脆毅然的聲音響起。

花森雪希就在我面前。

她皺著眉頭，眼眶泛淚，紅腫的雙眼注視著大海。

這名少女緊緊握著我的手。

「對不起，但我覺得如果不用這種方法就見不到妳。」

「傻瓜、笨蛋，你這樣會把自己搞死！你這個邊緣人。」

花森似乎真的很生氣。她完全不看我一眼，蠻不講理地破口大罵。雖然我很想反駁說她罵得太誇張，但我的狀況似乎比自己想像中更糟。我沒有力氣回握她的手，聲音也很沙啞。原本以為我是窮人，絕食這種事難不倒我，但因為平時沒吃什麼有營養的東西，所以也沒體力撐太久。

只不過這種事根本不重要。

因為我等待已久的一刻終於到來了。

「雖然有點晚了，花森，生日快樂。」

「你都快死了，還在說這些。你這個大傻瓜。」

夜晚的月光下，花森氣鼓鼓地接過我遞給她的一包餅乾。

閃爍著星光的動人淚水從她的臉頰滑落。

「為什麼要哭？根本不需要哭啊。」

「我又沒哭！你在看哪裡啊，你這個色狼。」

面對她蠻不講理的罵聲，我只能苦笑，但還是看著她那雙映照了滿天星星的大眼睛出了神。

終於見到她了。終於近在咫尺了。

也許是因為有這樣的感慨，所以我很自然地踏出那一步。

我踏出充滿勇氣的一步，要把她從孤單的世界拯救出來。

「花森，我想知道關於妳的事。」

花森沒有回答。我用力握住她的手。

花森，別擔心。無論是怎樣的結果，我都不會拋棄妳。我暗暗想道。

她可以感受到我的心願嗎？

「……唉。」

輕微的嘆息聲。花森輕輕地嘆氣。

縹緲而柔弱，卻可以感受到她認輸的嘆息聲讓我暗自鬆了一口氣。

她那雙帶著星光的眼眸注視著我，露出為難的微笑。

我微小的心願似乎已經傳達給滿天的星星。

「嗯，好吧。佐倉，沒問題。事到如今，我不可能不告訴你。真拿你沒辦法，我會告訴你，把你所不知道的告訴你。」

「花森……」

她帶著比眼淚更寶貴而縹緲的痛切笑容開口。

語帶詼諧，但又充滿決心。

那是一個在夾縫世界編織出的生命故事。

「佐倉，你好好聽著我從出生到死的故事。」

坐在沒有海浪聲的沙灘上是很奇妙的感覺。

花森讓時間停止下來。我先吃了她帶來的麵包和其他食物補充能量，然後又把小夕事件的後續情況告訴她。

我無法拯救她，她最後死狀悽慘。在這樣的事實面前，只能祈禱她平靜離開，想著再也無法見到的那個笑容。

然後，我們天南地北閒聊著學校的事、大家都很擔心花森的事。那是一個月亮、星星、風和雲，所有的一切都停止的奇妙世界。沒有聲音的空間讓人倍感寂寞，但我們彼此緊握的手指很溫暖。

當聊天結束後，花森開口。

她對我訴說自己成為『死者』的故事。

「我在小學二年級的時候死了，那時候我爸爸剛去世不久。」

她用寂寞的聲音說。

我用力握住她的手，讓她不再猶豫。

「我之前說過他們離婚的事吧？之後，我和我媽媽兩人相依為命，生活比想像中更辛苦。可能是因為除了工作，還要照顧孩子，很多事情都讓我媽媽感到心力交瘁。雖然我年紀很小，但也知道媽媽撐得很辛苦，常常發現媽媽又累得面無表情。」

花森說，親戚說的一些無心的話也對她媽媽造成影響。

竟然拋棄生病的丈夫，難道眼裡只有錢嗎？

諸如此類的話都造成了影響。

「有一天，媽媽說要帶我去深山裡的漂亮河邊透透氣。媽媽工作那麼忙，竟然請了一天的假陪我，我樂不可支，抱著便當興奮地出門。我唱著歌，笑個不停，相信必定是美好的一天。」

但是。

花森繼續對我吐露。

「但是，最後並沒有成為美好的一天。那一天，我在四下無人的深山河裡淹死了，我媽用力把我的頭按在河底。」

「！」

這番告白太震撼了。我不由得想起花森以前說過的話。

她是我基於個人因素想要幫助的女孩。

我終於理解了這句話的意思。

「我想我媽媽應該只是一時鬼迷心竅。離婚之後，她工作很辛苦，而且還必須照顧女兒，卻沒有人可以依靠。現在回想起來，我媽媽當時應該身心俱疲。雖然她從來不亂發脾氣，是理想的媽媽，但我相信她內心有很多痛苦。我相信你能夠瞭解。」

「嗯，我能夠瞭解。」

我當然瞭解。因為我知道母親也是一個活生生的人。

我點點頭，花森繼續說著當時的情況。

她被她媽媽按在水裡無法呼吸，完全不知道發生了什麼事，只知道媽媽的手按住她的頭。她繼續訴說著這一切。

但是——

「但是，我還是搞不懂一件事，我在想，我媽媽是不是想救我。」

「她想救妳？」

我驚訝地問，花森說出了她內心難以承受的想法。

最初是因為在河裡玩的花森腳下一滑跌倒了，她媽媽發現異狀，立刻飛奔過來，向在水中掙扎的女兒伸出手，但那雙手做出了意想不到的行動。

「當時我年紀還很小，在水裡驚慌失措，所以無法回想起媽媽的手是想要救我，但沒有成功，還是突然把我按在水中，讓我從痛苦中解脫。我完全想不起來。」

我陷入沉默，她繼續訴說著記憶。

花森死了之後成為『死者』。

在之後的傷停時間內，她媽媽的精神狀態改善，所以母女之間的相處沒有問題。

花森還告訴我，無論她媽媽工作再忙，都會為花森慶生，還會特地請年假趕去學校參加教學參觀日，的確很有母愛。

但是，正因為這樣。

「我搞不懂自己到底是死在媽媽手上，還是發生了意外。當傷停時間結束之後，媽媽會不會遭到逮捕。我無法瞭解真相，既然傷停時間會抹滅之前發生的事，我也就不得而知。即使有辦法知道，我也不想問媽媽這種事。我不願去想媽媽殺了我這種事，如果事實不是這樣，我會無法原諒一直在懷疑媽媽的自己。我的人生只剩下後悔。」

淚水從花森的眼中滑落。

那是凝聚悲傷的透明水滴，不斷滑落的淚珠似乎在慢慢融化少女的心。

我更用力握住她的手。

花森說，她有一件後悔的事。

有一次，她實在忍無可忍，在和媽媽吵架時復仇。她把她媽媽以前送她的玻璃擺設丟到牆上打破了。因為她希望媽媽可以感受一下她的痛苦。

但是，她媽媽見狀，只是為難地笑笑。非但沒有生氣，反而向她道歉。花森在那一剎那意識到，自己無可救藥了。原本想傷害媽媽，卻為自己留下了一輩子都無法消失的傷痛。

「我以前就很乖，也很愛哭，但這樣的話會被這個世界壓垮，所以我努力讓自己露出笑容，很想大聲叫喊，我並沒有不幸。這一招真的很有效果，我多了很多朋友，每天都很開心。但是……」

她停頓一下，吸了一口氣。

好像準備把無法療癒的傷痛全都吐出來。

「當我一個人的時候，我想起一件事。『死者』會有終點，可能是明天，也可能是今天。這種恐懼始終揮之不去，而且被所有人遺忘的恐懼也向我撲來。無論現在是多麼要好的朋友，之後也會變成從來不曾有過交集。更可怕的是回家這件事。忘了從什麼時候開始，當我看到媽媽笑著迎接我回家時，我笑不出來。因為每次對媽媽說『我回來了』的時候，內心就發出慘叫聲。所以即使放學之後，我也不回家，在外面遊蕩。每當太陽下山時，就希望時間停止。結果有一天，時間真的停止了。那時候我才發現，我的罣礙是希望自己可以笑著對媽媽說『我回來了』，我希望自己沒有任何後悔，對媽媽說一聲『我回來了』。」

雖然明知道自己絕對無法做到。

花森落寞地說完自己的回憶，我完全說不出話。

之後，花森過著和其他『死者』相同的生活。

有許多死神來幫助她，但都無法解決她的罣礙，傷停時間持續多年仍然沒有結束。有一天，她收到了一封信，建議她以『死者』的身分成為死神。花森思考很久之後，決定成為死神。因為她想要讓不知道什麼時候會結束的傷停時間充滿希望。之後，她遇見了許多『死者』，一直活到今天，在絕望中尋求像砂粒般的奇蹟。

之後又過了很久很久，簡直就像是永遠的日子。

但是，她並沒有找到幸福，成為了高中生。然後——

「然後就認識了你。」

她看起來很高興。

花森帶著可以趕走所有悲劇的笑容對我說：

「我覺得遇見你之後，我稍微有點改變。嘿嘿嘿，現在說應該沒問題了，起初我覺得你這個人很陰沉，你深陷苦惱，最後還是勇敢站起來，我發現你漸漸綻放出迷人的光芒，然後就覺得只要有你在身旁，傷停時間似乎也不是一無是處。雖然我之前都是勉強擠出笑容，但漸漸有些日子發自內心地感到高興，所以當你知道我是『死者』的時候，我覺得一切都完了……但你還是救了我，把好像迷路小孩般幼小的我帶到明亮的月光下。所以我才會在這裡。我現在終於知道，你的身旁是全世界最幸福的地方。」

「……是嗎？那是我的榮幸。」

那是花森無比純潔的告白。

我的臉很燙，身體也很燙，握在一起的指尖好像隨時會燒起來。我很擔心她會察覺我的心跳聲。不，她應該已經察覺到了，因為我也從她的指尖感受到她的心跳。

我很感謝能夠在這個無可救藥的世界遇見她。

在絕望的大海中掙扎的我們遇見彼此，絕對不是偶然。因為我們終於在失去之前，知道這就是幸福。

「對不起，我一直沒有對你說實話。雖然我一直想要告訴你。」

「別說了，我都知道。」

「謝謝，真的很謝謝你。」

她柔軟的頭髮觸碰著我的肩膀，被淚水沾濕的臉頰靠過來，緊握的手指用力抓住了我的心。我摟著她纖瘦的肩膀，她全身的溫度在為自己活著吶喊。

我沒有死。我還沒有死。

活著。我們活著。

我們在只有彼此的世界，確認著生命的溫度。

就像一次又一次拼湊凋零的生命。

我們在失去時間的世界刻下永久的記憶。

這時，我突然想起一件事。

「對了，這個還給妳。這是什麼意思？」

「啊？喔……」

花森看到我從口袋裡拿出的萬圓紙鈔，發出了尷尬的聲音。

我莫名地有一種得意的感覺。

「我想藉此向你道歉。」

「道歉？」

「打工的事，還有其他很多事。」

「妳覺得這種東西可以解決我們之間的關係嗎？」

「當然不可能……對不起。」

「下次不可以再這樣，我很受傷。」

「嗯，對不起，我絕對不會再犯了。」

花森在說話的同時嘿嘿笑起來。我也跟著露出微笑。我最喜歡這個瞬間，因為我覺得可以獨佔花森的笑容，同時也知道她總是讓我發自內心地放鬆。我相信我們永遠會是這樣的關係。

所以才會找到這個答案。

「我們來創造回憶。」

「啊？」

我仰望夜空，編織希望。

「即使最終會失去，但只要能夠笑著過日子，我相信其中就有重要的意義。雖然無法消除悲傷，但只要能夠找到更勝於悲傷的幸福，就一定會慶幸自己來到這個世界。我從朝月身上學到，對明天懷抱希望比對過去感到害怕更能夠得到幸福。我們要在最後創造這種奇蹟般的時間。」

「……嗯，你說得對。」

少女迷濛的眼眸深處綻放出小小的花朵。

「哈哈哈。」久違的聲音燦爛綻放。

悲傷消失了，取而代之的是其他特別的情感。

這時，我確信她的傷停時間將會無比幸福。

因為這麼出色的少女就在我身旁。

「嗯，佐倉，謝謝你。嘻嘻！我覺得渾身是勁，那就請多多指教了。」

「好，也請妳多指教。」

「我會很期待，你一定要讓每天都很開心。」

「那當然，我會展現實力。」

花森笑了，我也笑了。渴求彼此的手分享著幸福。

淚水不知道什麼時候乾了，淚痕消失。

我們擁有彼此，在不存在的世界，沉浸在永遠的時間中。

我和花森最後的時間拉開了序幕。

我們共同創造回憶的日子真的很開心。

接下來的兩個月，我們度過了絕對可以稱為幸福的時間。

不知道為什麼，知道終點就在眼前的現在，覺得每一天都很寶貴，每一天都和之前完全不同，可以感受到是特別的日子。

「好，佐倉，我們今天去吃雞翅吃到飽。」

「為什麼只有雞翅吃到飽？」

有一天，花森帶我去吃雞翅吃到膩。

「撞他！推他！打他的眼睛！」

「我告訴妳，這全都是違規行為。」

又有一天，我們去看運動比賽，結果我從頭到尾都在向她說明遊戲規則。

「嗚嗚嗚……這部電影太催人淚下了，我好感動。」

「妳九成的時間都在睡覺，我告訴妳，這部電影是喜劇。」

還有一天，花森在電影院睡午覺，我忍不住這樣吐槽她。

我們盡情享受歡樂的每一天。終點就在眼前。但我們想大聲叫喊：「那又怎麼樣？」

至於這些日子的打工問題，花森最近完全沒有接到任何指示，只有我家的信箱每天早上都會收到一人份的薪水。

花森得知這種狀況後雖然抱怨說：「什麼？竟然沒有付我薪水！唉！」但我很感謝為這個世界帶來不可思議的某種力量，因為我認為這是在向我傳遞訊息，要我拯救花森。

因為這個原因，所以讓我更加投入這樣的生活。

「要不要來親親？」

「為什麼突然要親親？」

「別擔心，只會有點刺刺的感覺而已。」

「妳的嘴唇是什麼做的？」

「因為我想拍照之後傳給全班所有的人，你覺得怎麼樣？」

「妳別鬧了，也不想想之前同學有多擔心妳。」

「對啊，因為班上的萬人迷女生被陰險的男生攻擊了。」

「對不起喔，我這麼陰險。」

「既然這樣，今天我們就去唱KTV，你請客。」

「這是怎樣的因果關係，而且還要我請客。」

「我要開懷大吃甜點！」

「不是要唱歌嗎？」

在這樣的日子中，我們做了很奇妙的事。

「仔細想一想，不用一下這麼厲害的能力簡直太浪費了，所以我要開始大肆搗蛋。喔喔！」

「啊？」

月曆上的日子走過了十一月，在可以清楚看到冬天背影的時候，花森說的這句話，成為這一切的起點。

花森的意思是，她有能力讓時間停止，如果不運用這種能力來玩一玩簡直是暴殄天物。雖然我完全搞不懂哪裡暴殄天物，但我知道阻止她也是白費力氣，所以就很不甘願地陪她一起玩。

「啊哈哈，佐倉你看，這簡直是傑作。」

「妳是小學生嗎？」

她的搗蛋真的都是一些很無聊的事。

她在學校讓時間停止，然後在校長的額頭上寫『給我蔬菜，其餘免談』，把寫了『外遇，不可以。吉田留』的紙條塞在教現代國文的古木老師口袋裡，做一些讓我懷疑她腦筋是不是有問題的傻事。

但是之後很自然地發生變化。

雖然我們並沒有特別討論，但開始想一些能夠幫助別人的主意。看到獨居老人，就主動協助打掃庭院；看到河水髒了，就主動去撿垃圾。在停止的世界播下小小的幸福種子。

在這樣的日子中，也留下了這樣的回憶。

「嗯，只有我們兩人享受這片絕佳的景色，真是太奢侈了。」

「是啊，這是寶貴的經驗。」

深夜，我們在學校的頂樓看著滿天的星空說。

這一天，花森說：「我要去向曾經培育我的學校報恩。」於是我們決定去打掃學校。

讓時間停止後，我們溜進學校，偷了鑰匙，然後在晚上沒有人的時候打掃完學校。

打掃結束的休息時間，花森說想去頂樓看看。當我們來到頂樓時，意外看到了滿天星斗。「哇，太美了。」花森感動大叫著，似乎忘記了所有的一切。在遼闊的夜空中眨眼的璀璨星星令人雀躍興奮，忍不住回想起孩提時代。

「妳以前沒做過這種事嗎？」

我把水壺裡的熱水倒進帶來的泡麵中時問。

「哪種事？」

「晚上溜進學校不是很簡單嗎？」

「我從來沒做過這種事。」

「太意外了，這不是很容易想到的事嗎？」

「因為一個人玩也很無聊，而且我以前並不怎麼喜歡這種能力。」

聽到花森回答時落寞的聲音，我終於瞭解一件事。

原來是這樣。

無論再怎麼方便，再怎麼有趣，只要一想到這種能力為什麼而存在，也許就無法喜歡這種能力。我忍不住自我反省。

花森自顧自仰望著夜空輕聲細語著。

「好奇妙的感覺，好像全世界就只剩下我們兩人。」

「是啊。」

從頂樓放眼望去，可以看到城市的燈光。因為在山上的關係，所以平時住的城市看起來像是遙遠的凡間，我和花森兩人彷彿生活在另一個世界。

「要不要就這樣讓時間停止，只有我們兩人一起生活到永遠？」

「這有點像是人類滅亡了。」

「沒錯。原來我是因為背負著悲傷而誕生的魔王。」

「妳別把自己說得像電玩裡的大壞蛋。」

「如果是電玩，那你就是不起眼的村民。」

「憑哪一點說我是不起眼的村民？」

「長相吧。」

「我可以哭嗎？」

「佐倉，決戰吧！來打大魔王！」

「我只是村民，竟然要派我去打魔王，這個村莊也太黑心了。」

「看招，魔王踢！」

「小心點！拉麵會灑出來！」

花森踢了我一腳，我們就開打了。兩人扭打在一起，完全不管制服都皺成一團。不小心碰到她皮膚時，發現格外溫暖，心臟用力跳動。最後打得上氣不接下氣，躺在那裡時，聊著更奇妙的話題。

「你知道『阿卡西紀錄』嗎？」

「我曾經聽過這個名字，到底是什麼？」

「那聽過『透明書』嗎？」

「這就不知道了。」

「那我來告訴你。」少女對我說，「據說『阿卡西紀錄』永久記錄了這個宇宙所有的記憶、現象和概念。」

花森又接著說明。

阿卡西紀錄是超越世界、超越時空，記錄從宇宙誕生之前開始，到遙遠未來為止所有一切的記憶媒介。

「傷停時間最終會讓一切歸零，但並不是消失，只是看不見而已，會留在阿卡西紀錄中的『透明書』上。以前協助我的死神曾經這麼告訴我。」

「這樣啊。」

不知名的死神編織的宇宙記憶。

我從中感受到神奇的可能性。

「我認為這是很久以前，有人為『死者』編的故事。曾經活著的證明絕對不會消失，一定會持續留在這個世界的某個地方。雖然聽起來像是安慰，但所有『死者』最後都會走到這一步。然後用這種方式說服自己，決定上路離開這個世界。我很希望有這樣一本書。」

「是啊，我也希望。」

並不是永遠都無法回想起來，這個世界的記憶只是留在人類遙不可及的地方。

聽她這麼說後，我很想看一看那本書。因為這本透明的書上所寫的一定是這個世界上最寶貴的故事。

「我好想看看。」

「呵呵，人類不可能看到，因為只有神才能看這本書。」

「那可未必，即使現在不行，也許有朝一日可以看到。」

「不可能，你會連有這本書的事也會忘記。」

「也許會忘記。」

「一定會忘記。」

「也許會想起來。」

「不可能。」

「誰知道呢？」

「不跟你說了！」花森嘟噥著，但臉上的表情很開心。

花森說得沒錯，我應該無法想起來，但也許會想起來。至少抱有這樣的期待並不是壞事。失去記憶的世界終將來臨，但也許我會在那裡發現那本書。

我向璀璨的星空寄託這個希望。

終點越來越近。我隱約感受到這種寂寞。

也許是因為這個原因，花森在十二月上旬時，決定要清算幾件內心牽掛的事。

「好久沒來這裡了。」

「嗯。」

下了公車，看到熟悉的街道時，我忍不住小聲嘀咕。

我們首先來到小夕居住的地方。雖然很關心事態之後的發展，但始終沒有勇氣來這裡，不過花森說「我想知道小夕的妹妹最近的情況」，於是就鼓起勇氣，和她一起來這裡。

但在小夕家人眼中，我們是陌生人。

原本以為很難打聽到消息，幸好我們認識一個消息靈通的人。

「哇噢噢！喂，你們來這裡幹嘛！？」

「幹嘛！不必這麼緊張。」

我滿面笑容走向今天也在公園角落睡午覺的雨野。

雨野一看到我，立刻發出了慘叫聲。

「佐倉，之前發生過什麼事嗎？這個大叔似乎很害怕。」

「為什麼這樣呢？啊呀，我口袋裡竟然有美工刀。」

「啊啊啊！」

玩笑就到此為止，我們向雨野打招呼之後，向他打聽了小夕家的近況。

「她妹妹好像沒問題，沒有受到虐待。」

「那起事件發生後，她父母離婚，妹妹的親權歸爸爸。」

「她爸爸並不是幫凶，只是無法阻止老婆家暴而已，現在他們父女兩人生活過得不錯，也有觀護人介入，所以不必擔心。」

雨野又補充說，小夕的妹妹失去姊姊之後，心靈承受很大的創傷。聽他說了這些情況之後，只能勉強算是鬆一口氣。

雖然很難說解決了所有的問題，但至少小夕之前擔心她妹妹的安全問題無虞，這算是唯一的救贖。

既然這樣，我們也無法再幫什麼忙了。雖然才剛到，但我們立刻決定離開。向雨野道謝之後，就轉身邁開步伐，沒想到發生一件意想不到的事。花森停下腳步，突然轉過身。

我看到雨野露出驚訝的表情。

她對雨野說了出乎意料的話。

「雨野先生，謝謝你幫了這麼多忙。」

「啊？」

「我知道，其實你心地很善良。」

「……」

雨野說不出話，但花森繼續說下去。

她美麗的臉龐上露出帶著慈愛的笑容，繼續說：

「我知道有些『死者』無法接受自己死亡的現實，希望別人也陷入不幸，但你詳細調查了小夕家的情況，我相信這才是你的真心。所以我希望你有朝一日可以得到救贖，我相信這也是小夕的心願。謝謝你。」

花森鞠躬後邁開步伐，我也跟著鞠躬，追上花森的腳步。雖然曾經發生很多事，但既然花森原諒了他，那我也要原諒他。我終於能夠坦誠地這麼想。

歹勢啦。

不知道從哪裡傳來一個隱約的聲音。

我們又留下了一個小小的幸福。

這天下午，我們又清算了另一件事。

「不知道她願不願意和我們見面。」

「這件事真的沒把握。」

那是我剛成為死神時曾經造訪的國立醫院。我們站在朝月的妹妹入住的病房門口，緊張地小聲討論。

我一直很關心，在朝月車禍身亡的世界，她妹妹怎麼樣了。

我們和她之間唯一的交集，就是之前去送禮物給她的時候，但朝月的傷停時間已經結束，就連我們曾經見面這件事也歸零了，所以有點擔心她不願和素昧平生的我們見面。

我們事先聯絡了朝月的媽媽，所以得以進入病房。朝月妹妹的狀況的確很嚴重。

女孩在白色病房內看著窗外訴說著，把傷痕累累的心呈現在我們面前。

「我很後悔。」

「……」

用這句話開頭的訴說的確充滿了後悔。

「住院之後，我每天的生活都變得很無聊，從早上起床後到晚上睡覺之前，所有行為都受到限制。」

「起初還沒什麼問題，因為同學每天都會來看我，但之後他們來看我的次數越來越少。這也不能怪他們，因為他們都有自己的生活，而且我還會對他們亂發脾氣，這也是無可奈何的事。」

「只是我無法接受這個事實，所以就對著唯一陪在我身旁的姊姊發脾氣。因為我無論對姊姊做什麼，她都不會生我的氣，我就欺負姊姊。」

「沒想到那一天，連姊姊也離開了我，這時我才終於知道，我最想要的是什麼。我犯了無可挽回的錯誤。」

她一口氣說完後低下頭，我和花森見狀，只能陷入沉默。

她一定很懊惱。因為在失去之後才發現對自己多麼重要。

她一定很痛苦，因為必須接受失去重要的事物，自己仍然得活下去的現實。

她的懊惱永遠沒有機會彌補。因為死去的人絕對不可能復活。

（……）

但是，即使這樣——

「詩織，請妳收下這個。」

「啊？」

即使這樣，我仍然不想要放棄。

「這是……」

我從帶來的紙袋中拿出那樣東西，輕輕放在她白嫩的手上。

詩織滿臉驚訝，我對她說：

「我們今天來這裡，就是為了把這個交給妳。因為我曾經聽妳姊姊提過，妳很想要這個。雖然原本應該由她親手交給妳，但現在不可能了，所以我代替妳姊姊交給妳。對不起，這麼晚才送給妳。」

「我姊姊……」

詩織打量著手上的皮包。

我花了一部分打工的錢買了她第二想要的皮包。在朝月的傷停時間結束時，她送妹妹皮包這件事歸零了，但她妹妹想要這個皮包的事實並沒有改變，而且朝月想要藉由送她妹妹皮包這件事達到的目的也沒有改變。

「妳姊姊一直希望和妳和好，她希望送這個皮包給妳，成為修復妳們之間感情的契機。雖然已經無法如願了，但她的心願並沒有消失。妳姊姊很愛妳，希望妳記住這個事實，即使妳們曾經不和，但在內心深處緊緊相連，所以希望妳有朝一日可以找到自己的幸福，連同『死者』的份堅強地活著。」

「……姊姊。」

女孩緊緊抱著皮包，沒有說出口的話和淚水一起滑落。

於是我們決定離開病房。

此刻，她的內心應該只有悲傷，但有朝一日，當她能夠體會姊姊的心時，她一定能夠露出笑容。我們在向她道別時相信這一點。

一滴淚水滴落在皮包上。

這一天，我們清算了好幾件事，但心情並沒有因此變得燦爛。

那天傍晚，從醫院回家的路上。

花森突然默默牽起我的手。最近這個動作已經成為她要讓時間停止的暗號。世界瞬間停止，只剩下我們兩人。

「佐倉，走吧。」

「好。」

我們走向沒有聲音的世界。

停止的人、車、號誌燈，我們穿越所有的一切，繼續走在路上。

回過神時，發現周圍空無一物，我們已經來到坡道的頂端。

剛才走過的坡道就在我們身後，前方是長滿鐵鏽的階梯，下方是一片住宅區。我對那些在我陌生的地方生活的人產生奇妙的感覺。

我突然想到一個問題，問花森：

「妳覺得那個禮物會留下來嗎？」

「不知道，我也不清楚那個皮包會不會成為修正對象。」

如果由花森交給朝月的妹妹，根據傷停時間的規定，絕對無法留下來，所以我用自己的錢買了皮包，交給了朝月的妹妹……接下來只能聽天由命。

簡短的對話結束之後，我們再度沉浸在停止世界的寂靜之中。

好安靜。這個世界真的很安靜，只聽到心跳的聲音，也許坐在我身旁的花森也可以聽到。

這一次是花森開口。

「佐倉。」

「嗯？」

「那一天，我最後和朝月聊天了。」

「啊——」

那是雖近卻遠的往事。那是朝月傷停時間的故事。

她說著我所不知道的部分。

「事情已經過去了，所以我才告訴你。其實我原本想把朝月是『死者』的事告訴你。因為我覺得朝月無法放下她的罣礙，你又在那個節骨眼成為死神，一定有某種意義。但是朝月不希望我告訴你，我搞不懂為什麼，那是你們最後的時光，這樣真的好嗎？」

花森仰望著微暗的天空繼續說道。

「但這麼做似乎是正確的決定，在你和朝月共度最後夜晚隔天黎明時，朝月打電話給我說：『幸好沒說，我和佐倉聊了很多關於未來的事，謝謝妳。』」

「……」

「呵呵，你該不會已經知道了？」

「嗯，是啊。」

我知道。我知道朝月最後期望的未來。

我知道朝月渴望幸福，即使讓我陷入痛苦也在所不惜。

「對不起，因為朝月要我瞞著你，在時機成熟之前都不要告訴你，我答應她了。」

「沒關係，這樣比較好。」

「妳不用道歉，這樣真的比較好。」

「對不起。」

我不是說謊，是真心這麼認為。

朝月太厲害了，竟然要求花森在時機成熟之前都不要告訴我。她太瞭解我了。

在我剛成為死神的時候，一定無法理解朝月的想法。

也許會恨她，為什麼要讓我這麼痛苦。

但是，和許多『死者』接觸之後，如今終於能夠接受這件事。

接受我為朝月而存在這件事是一種幸福。

「朝月說，佐倉就多拜託了。她這句話是什麼意思？」

「我不知道。」

「她還要我提醒你三餐要正常。」

「她是我媽嗎？」

「還不止這些，她還說，佐倉的功課不太好，要我教你功課。」

「煩欸，她真是多管閒事。」

「還有……」

「喂！還有？到底有多少遺言啊。」

我只是隨口說這句話。

花森的表情貫穿了我的全身。

「有很多啊，因為我們聊了很久，她說要讓你連同我們的份得到幸福。」

「！」

花森在哭。她流下一行淚水。

我終於發現她內心深深的寂寞。

「她還說，她妹妹的事也拜託了。朝月果然放不下她妹妹，但最後還是選擇上路。因為她說希望最後是和你共度的時光。很寂寞，真的很寂寞，但不會害怕，離開這個世界並不可怕，傷停時間永遠持續才可怕。但是真的很寂寞，去一個什麼事都想不起來的世界太寂寞了。」

「花森。」

我緊緊抱著她，用力抱著這個顫抖的少女。

臉頰碰觸到的眼淚很燙，好像生命的水滴般燃燒。

很寂寞。很寂寞。她不知道承受了多少次這樣的悲傷。

我、我……

「我無法為朝月做任何事。」

「你在說什麼啊，因為有你，朝月才終於上路，謝謝你。」

我緊緊抱著她，感受著生命的溫暖下定決心。

我一定、一定要讓她幸福。無論再怎麼寂寞，這是最重要的事。

我用顫抖的指尖抓著少女，下定了決心。

向晚的昏暗天空下，我們緊緊擁抱可以稱為永遠的時間。

那天之後，我們共度了無可取代的寶貴時光。

我們時而歡笑，時而喜悅，燃燒著所剩不多的生命。

我們很快樂，很開心。

平淡日常中的一切都閃閃發亮。

在這樣的日子中，我對傷停時間有了新的認識。

我覺得傷停時間是為了給所有人帶來幸福。事到如今，我發現了這樣的可能性。

所有『死者』都無法放下罣礙，但都找到了微小的幸福，離開這個世界，那是無法留在任何地方的縹緲記憶，但我們這些死神會記得。在我們忘記之前，把他們走過的路像種子一樣散播全世界——我相信其中一定有美好的意義。

我們在這段日子中經常讓時間停止，播下了許多種子。

看到尋狗啟事，就努力找到牠，然後把牠帶回牠主人的家。

聽到有夫妻在吵架，就在他們家中找出全家福照，放在他們中間。

我們不知道這種行為到底有多大的意義。

也不知道會不會被修正，最後到底能夠留下多少。

即使最後被修正，但接收到幸福的人如果能在修正之前把這些幸福帶給其他人，傷停時間應該可以發揮無限的可能性。

我想起花森最初對我說的話。

——我們的理念是藉此讓人充滿『幸福』，讓整個社會、整個世界都『幸福』。

當時我充耳不聞，以為是邪教，但現在才發現，其實她一開始就已經告訴了我答案。

這個世界很殘酷，但到處可以發現溫柔的種子。

這些種子可以無限開花、擴散，這正是人類所需要的。正因為我的人生無可救藥，連時薪三百圓的打工也緊抓不放，才能發現這是多麼寶貴。正因為會忘記，所以才努力散播這種寶貴。我在漸漸逝去的日子中產生了這樣的體會。

這種天馬行空的思考帶給我小小的勇氣。

時間流逝，冬天來臨。還有十天、七天、五天，我打工的日子也即將進入尾聲。

最後，終於就是那一天了。

「佐倉，早安！」

「嗨，早安。」

十二月二十四日，終於迎接了打工的最後一天。

持續了半年的打工，最後一天竟然是平安夜。

窗外下著雪，變成一片白色的世界。從天而降的禮物好像祝福，令人感到高興。

這一天，一大清早就出現在我家門口的當然是花森。她穿了一件鮮紅色的大衣，搞笑地說著：「哇，超冷。至於到底有多冷，我覺得冷得連沖繩也不見了。」但看到她臉上成熟的表情，我恍然大悟。

啊，她終於做出最後的決斷。

她要把這一天作為她的最後一天。

我很感謝她表現得一如往常。

「佐倉，我今天要去一個地方。」

「嗯，我知道。」

我清楚知道花森的決心。因為最後的這段日子都是為了這一刻而存在。沒問題，我絕對不會讓妳孤單。

我伸出手，握住了她的手。

時間停止了，整個世界只有我們兩人。

積雪和飄落的雪消除了世界的聲音。

我們在凍結般的冰世界相視而笑。

「花森，走吧，我陪妳。」

我們走向白色的黑暗。

因為花森要做最後的清算。

「佐倉，歡迎光臨，來，進來吧。」

「打擾了。」

那是一個小房間。

差不多相隔兩個月。花森家漂亮的門柱和井然有序的花圃都染上了一片白色，但仍然讓我有一種懷念的感覺。

我走進這棟感覺陰鬱的小房子，跟著花森來到一個小房間。在開著暖氣的舒服房間內，我看到一個坐在放著馬克杯的暖爐桌內昏昏欲睡、身處在停止時間內的漂亮女人。

我不需要思考就知道，就是這個女人。

「佐倉，我向你介紹，她就是我媽媽。」

「阿姨，妳好，我是花森的同班同學佐倉真司。」

雖然明知道沒有意義，但還是鞠躬，向花森的媽媽打招呼。

我想以後應該再也不會見到她了。

「妳們長得很像，尤其是眼睛。」

「對不對？對不對？大家常說我們是美女母女。」

花森聽了我說的話，哈哈大笑起來。

花森說得沒錯，花森的媽媽真的很漂亮。

她五官端正，有一雙大眼睛，看到她的時候，和看到花森時的感想完全一樣，就連渾身散發的感覺也很相似。當花森年紀增長，變得穩重之後，應該就是這樣。

「啊，家裡真溫暖。佐倉，你要喝什麼？」

「不，我不用了，我在這裡等妳。」

我在產生這些感想的時候，發現花森很緊張。雖然她努力維持一如往常，但聲音聽起來很緊張。

於是，我搖搖頭，在花森媽媽的正面——稍微偏一點的位置坐下。

因為我認為這個位置既不會妨礙到花森，而且也不會讓花森有孤軍作戰的感覺。

花森似乎感受到我的想法。

「對喔。呵呵，謝謝你，佐倉，你真體貼。」

「還好啦，普通而已。」

我沒有謙虛，真的只是普通而已。

因為想到花森接下來打算做的事，我認為必須做這種普通的行為。

花森感受到我的心意，緊緊握住了我的手，然後用力深呼吸。我感受著她顫抖的手指祈禱。別擔心，因為妳本身的堅強，才能走到這裡。我深信這一點。

「好，那就開始吧。」

然後，終於開始了。

這是她臨終的清算。

「嗯，媽媽，妳好。對不起，突然把時間停止了。雖然我想和妳好好談一談，但感覺沒這麼容易，所以我決定在這種狀態下和妳說話，我希望妳聽聽我真實的想法。」

花森對著靜止不動的媽媽訴說著。

帶著所有的親情和後悔。

「我記得是在我小學二年級時開始和媽媽一起生活，那時候爸爸生病了，妳帶我一起回到外婆家。雖然很寂寞，但我沒事，因為我知道媽媽很努力。我沒有說謊，那時候，我真的很支持媽媽，一直、一直在心裡支持媽媽。」

花森手指顫抖、聲音也顫抖，但帶著堅定的心繼續說下去。

她在對自己所愛的人說道別的話。

「爸爸差不多就是在那時候去世。我在葬禮上哭了，但妳沒有哭。我知道妳其實很難過，因為很多人都對妳說了很難聽的話。」

她低頭說出了內心的痛苦。我之前就聽她說過這些事，那些人用很難聽的話罵她媽媽。

當初是妳不要妳老公，離開了他，現在想回來拿保險金嗎？

那些人罵了很多這樣的話。

「我知道妳很辛苦，也很痛苦。妳工作也很辛苦，有一次，妳的上司打電話來家裡，妳剛好在洗澡，我好心想要幫忙，就接起了電話，立刻聽到不堪入耳的罵聲，嚇了我一大跳。原來媽媽生活的世界很痛苦，只是我不知道而已。」

「因為當時是那樣的狀態，所以當我們母女兩人去深山時，才會發生那起事件吧。那一天，媽媽的笑容很疲憊。我明明發現了，但因為好久沒有出遊，我太高興了，所以並沒有放在心上。如果當時我稍微多留點神，會不會有不一樣的未來。只要我稍微、再稍微留點神的話。」

花森的指甲深深掐著我牽著她的手，我忍著疼痛思考，不知道花森為這種後悔自責多少次。

不知道曾經有多少次回想起溺水的記憶。

不知道曾經對不是夢境的現實絕望了多少次。

不知道花森曾經多少次——

「差不多半年之後，妳換了工作，之後的精神狀態就好多了。雖然經常無法回家，但工作環境很理想，無論工作和家庭都漸漸充實。無論再怎麼忙，我們每個月都會去旅行一兩次。那段日子真的很開心，妳看起來也很開心。新生活對妳來說是幸福的日子，但是，對我來說，卻是很不滿的生活。」

淚水滴落在好像沙子般的心上。沒有東西能夠承接後悔的淚水。

她用帶著淚水的吶喊向心愛的媽媽求助。

「從那天開始，我的時間就停止了。無論再怎麼笑，都無法再像那天一樣露出天真無邪的笑容了。無論做任何事都無法滿足，也無法忘記。我的人生在那個瞬間停止了。」

她淚流不止。

她的心已經疲憊，無論做任何事，都會因受傷的心而疲憊。因為她不願傷害媽媽，所以總是勉強擠出笑容，因為這樣的貼心而疲憊。

因為她太貼心，所以心靈受了傷，她必須讓傷口持續化膿的時間停止。盡可能遠離崩壞的時間。

「我不知道妳在那一天到底做了什麼，所以我在相信所有可能性的情況下說以下這些話。昨天很謝謝妳，謝謝妳滿足我的任性，做了很多我喜歡吃的菜。今天早上也謝謝妳，當我鑽進妳的被子時，妳緊緊抱著我。很溫暖，也很高興，我也因此知道了有些痛苦無法消失，所以，媽媽……」

她要對媽媽說最後的話。

「我恨妳，但我也愛妳。謝謝妳，再見。」

「花森——」

花森衝出去。她再也忍不住淚水，不顧一切地衝出家門。

我也跑起來，想要再度抓緊從我手心滑走的手。

穿越停止在半空中的淚雪。

我疼痛的腿踩在地面的白色淚海中。

花森，不用擔心。妳可以盡情地跑，盡情地流淚。

我無法阻止妳，但一定會追上妳，為妳擦去淚水。

我一定，一定說到做到——

我這麼想著，不知道跑了多久。

「花森。」

「佐倉。」

我終於追上她，不加思索地緊緊抱住她。

我抱著這個冰冷顫抖、孤單無依的少女，抱著這個無法繼續活下去的少女。緊緊地、緊緊地一直抱著她。

我不會忘記這份溫暖。即使忘記了，在宇宙的某個地方也一定存在。

我如此相信。

「花森，妳做到了，妳終於做到了。」

「佐倉、佐倉，我——」

在沒有聲音的世界，停止飄落的雪就像我們一樣，無法去任何地方，只是停留在灰色的天空和白色的海之間，落地後就消失的短暫生命。

尊貴的白色雖然脆弱，但又凋零得如此美麗。

不可思議的生命故事即將走向終點。

我們默默走在一望無際的白色世界。

走到我身旁的花森突然停下了腳步，這是她的暗號。

我也停下腳步，在停止的世界回頭看著少女。這個平淡無奇、隨處可見的路邊，似乎是我和花森的終點站。

「佐倉，就在這裡結束吧。」

「好。」

我對花森點點頭，靠在旁邊的水泥圍牆上。花森也跟著我靠在牆上。眼前一片白雪茫茫，覆蓋了整個街道。

沒有聲音。沒有任何聲音。可怕的寂靜貫穿耳朵。

「佐倉，對不起，你的打工幾乎都耗在我身上。」

「不必放在心上，我很慶幸最後的對象是妳。」

「喔，你剛才這句話讓我小鹿亂撞了一下。沒想到你還真有兩下子。」

「妳很吵欸，我本來就很有異性緣。」

「啊哈哈，真的嗎？」

然後，我們繼續天南地北閒聊起來。

都是一些無足輕重，明天就會忘記的內容。

我們完全不在意戶外的寒冷，因為我們緊握的指尖格外溫暖，因為我們知道此刻最幸福。

也許是因為這個原因，花森對我說：

「我之前從來沒有想過，自己的臨終可以這麼美妙。」

「是嗎？」

「嗯。」她輕輕點頭。

「我之前不是說你很善良體貼嗎？我並不是在說謊。我成為『死者』九年，我接觸過的所有『死者』臨終幾乎都很悲慘。有人自我了斷，也有人在失望中放棄了一切。我原本以為自己也絕對會像他們一樣，臨終的瞬間會陷入無窮的絕望。但是——」

花森輕聲對我說：

「但最後並不是這樣。我真的超驚訝，竟然可以有這麼美妙的臨終。雖然我無法放下罣礙，也無法滿面笑容地說『我回來了』，但最後還是自己做出了決斷，而且身旁還有人為我送行。我相信這是至上的幸福。佐倉，真的很謝謝你。」

「不用謝，我什麼都沒做。」

即使面對花森的告白，我一如往常的冷淡。但即使是這樣的我，花森也都接受。

她把頭靠在我的肩膀上，動動嘴唇，輕聲對我說：「幸好是你。」

這句話比任何一切更能夠撫慰我的顫抖。

「佐倉，所以啊——」

「嗯——」

我們又繼續聊天。

我們聊著上天為什麼讓我們承受這些痛苦，聊著原本以為自己不可能找到幸福，聊著沒想到幸福就在眼前，聊著這種平淡無奇的日常就是幸福。我們一直聊著這些事。

我很幸福，絕對很幸福。

甚至希望這樣的時間永遠持續下去。

甚至想要大喊，希望我們可以永遠在一起。

但是，我忍住了。

因為我相信，我們之間的關係就是我必須笑著送她上路，所以我一直面帶笑容。

即使之後再也無法想起這一切。

「啊，對了，佐倉，我身為前上司，最後要告訴你一件事。」

「嗯？什麼事？」

花森突然開口，然後從口袋裡拿出一張紙。

看到那張紙，我想起來了。

「這是只有離職不再當死神時才能拿到的申請書，上次寄到我家。這是『心願』申請書，只要在這上面寫下你的願望，任何願望都可以實現。無論任何願望，任何心願都可以。」

「喔，對喔，妳之前曾經說過這件事。」

我坦誠地小聲回答。我想起她之前的確向我提過這件事。

「花森，那妳的心願是什麼？」

我忍不住問她。

我想知道到底可以實現什麼心願，我想知道她在人生結束之前，到底許下了什麼心願。

她笑著回答我的問題。

這是一個年輕少女的渺茫願望。

「我不知道你還記不記得，就是暑假去游泳池那一天的事。我打算把心願用在那天回家路上看到的那個『死者』男孩身上，希望『那個男孩的臨終可以幸福』。」

「啊——」

我忍不住感到驚訝，但誰能責怪我呢？任何人都會驚訝。

因為她竟然用在這件事上，因為我忍不住想，她不是有更迫切的願望嗎？

但是，花森是一個善良溫柔的少女。

「其實我原本想用在自己身上，即使無法死而復活，如果可以重新投胎，我希望稍微留下一點記憶，或是希望你在離職之後，仍然可以回想起現在的事。我原本想申請這種心願，在昨天晚上——不，在今天早上起床時，仍然這麼想。」

花森露出懷念的眼神，回想起渺小的後悔。

「但是，我現在想要對別人有一點幫助。如果說有什麼遺憾，那就是小夕的事，無法拯救她的事，所以我要連同小夕的份，讓別人的人生得到幸福。即使在充滿痛苦的傷停時間，也可以慶幸曾經活過這一回。這就是我最後的心願，現在可以真心這麼認為。」

「花森……」

我回想起半年前和朝月共度的夜晚。

朝月說，花森的希望是世界和平。

當時我聽不懂這句話的意思，但現在終於知道了。

花森希望這個世界上的每一個人都幸福。

她最大的心願，不是可以留下自己曾經活著的證據，而是可以大聲高喊，這個世界真美妙。

「佐倉，你能夠接受嗎？」

她露出調皮的笑容問道。

我當然能夠接受。因為我沒有任何理由可以阻止她。

「既然妳已經決定，這樣就好。」

「呵呵，謝謝你。佐倉，我就知道你會這麼說。」

她叫著我的名字。她一次又一次叫著我的名字。

我回應了她。有點靦腆，又有一點害羞。

最後的罣礙無聲無息地融化在白雪中。

「佐倉，我們最後來聊天。」

「好啊，要聊什麼？」

「那就來聊你要如何克服欠了一屁股債的人生。」

「妳也太狠了，直到最後都要吐我的槽。」

我們相互開著玩笑，聊了很多事。聊了以前的事，聊了曾經發生過的事。當我回過神時，發現和朝月那次一樣，我們聊著未來的事。如果上了大學、如果和誰結了婚……我們聊著這種不存在的未來。

你喜歡我嗎？

花森問我。

妳一開始也問過我這個問題。我這麼回答。

花森笑著回答說，因為她很有自信地知道，我會討厭她。

我回答說，那時候真的很討厭妳。

真希望你以後可以想起這些事。花森小聲嘀咕。

什麼嘛。我驚訝地說。

做夢又沒有關係。少女笑著說。

這也不錯。我也笑起來。

也許會留在記憶的角落。少女如此期盼。

希望如此。我也期盼著。

她摘下一朵花，那是路旁不知名的野花。

這是幸福花。她這麼說著，把花遞到我面前。

當有人在臨終很幸福時，就會有一朵花綻放。

不畏風雪綻放的花似乎有這樣的傳說。

真的假的？

我現在想到的。

什麼嘛。

你不覺得聽起來很美嗎？

花森直到最後還是花森。

幸福是什麼？遙遠記憶中的那個人問。

我現在知道了。幸福就是知道此時此刻就是幸福。

幸福是在失去之前發現幸福。

幸福就是在失去之後，仍然回想起曾經擁有的幸福。

幸福就是即使回想不起來，仍然希望有朝一日能夠想起來。

這就是這個世界追求的真相。

我無法忘記。

無法忘記那些在痛苦中努力追求真相的人。

無法忘記努力讓像雪花般稍縱即逝的生命綻放光芒的人。

為什麼會來到這個世界？就是為了這個瞬間而誕生。

這種想法應該就是這個世界的心願。

我緊緊擁抱著幸福的形式。

「——」

不知道過了多久。

當我回過神時，發現身旁空無一人，只有雪花不停飄落，世界開始啟動。我沒有流淚，臉頰卻是濕的。我的右手拿了一朵花，拿了一朵名為幸福的花。

「啊！」

下一剎那。

那朵花不見了。

就這樣消失了。

從這個世界消失了。

整個世界都認為它不曾存在。

我內心失去了一樣重要的東西。

「！」

我努力克制著快要流下的淚水，仰望灰色的天空。

雪仍然不停地飄落，但我不會讓淚水流下來。

因為她一定不希望我流淚。我做到了。直到最後，我都沒有讓她失望。

所以，我一定能夠下定決心。

「好，走吧。」

寂靜的雪籠罩一切，我的決心也更加堅定。

時薪三百圓的打工，最後一天再度啟動。

我的故事接近尾聲。

這是一段似長又短，在世界旅行的奇妙日子。

目前的時間還是上午。我在紛飛的雪中回到家，發現信箱裡有兩封信，上面寫著對我這個死神的最後指示。

『在午夜十二點之前，辦理完離職手續。』

「喔……這樣啊。」

第一封信中寫了這樣的內容，嚴肅乏味的文字讓人覺得似乎該用敬語回答。

但又覺得如果收到一封文情並茂的慰問信恐怕會更受不了，所以很快就把這件事拋在腦後。

反正重點是另一封信。

『請提出心願。』

「嗯，這件事該怎麼辦呢？」

我看著第二封信嘀咕著，陷入思考。思考該如何使用自己的心願。

當初是為了想去見媽媽，所以才開始打工。

但之後自暴自棄，完全忘了薪水的問題，只是為了記住朝月的事，繼續打這份工。現在回想起來，那段日子最不平靜。

但是，之後和『死者』接觸的過程中，想法發生改變，產生了遲疑，但仍然沒有放棄挑戰。不知道最後會是怎樣的結局？我覺得自己繼續打這份工不是有什麼目的，只是順其自然而已。所以當問我有什麼希望，老實說，我有點傷腦筋。

「嗯，心願嗎？心願喔。」

於是，在最後一天剩下的時間，我都在思考自己有什麼心願。

我嘟噥著再度走出家門，漫無目的地走在街上。心血來潮地搭上電車去很遠的地方，但並沒有前往充滿回憶的地方，只是隨便找了一個車站下車，信步走在街上，頂著滿天飄舞的雪，持續思考著。

（希望、希望、希望……）

但是，當然不可能浮現任何想法。

時間來到下午四點多。

我在空無一人的車站月台上嘀咕著：

「對，差不多該去那裡了。」

我看著因為下雪的關係宣布電車停駛的電子看板下定了決心。

我相信這是某種訊息。

一定有人借著這場雪來向我傳達訊息，叫我回頭，告訴我不是這裡，我該去的地方在另一個方向。我接收到這個訊息，深深地點頭。

我知道，答案永遠都在自己的內心。

思考就是花時間告訴自己，這是正確的選擇。嗯，沒問題，我已經接收到前進的勇氣。

我背對陌生的地方，走向熟悉的街道。

我要在雪中去確認最後的答案。

灰色的雲仍然在向晚的天空中蔓延。

從天而降的白雪是誰的記憶，抑或是誰的眼淚？

我在紛飛的雪中對他說話。

「弟弟，你果然在這裡。」

「……」

我對和夏天時一樣，眼神空洞地站在路旁的少年露出微笑。

就是花森寄託了最後『心願』、不知名的少年。

我的答案似乎就在這裡。

「我想了很久，最後決定把『心願』用在你身上。」

「……」

少年沒有回答，他仍然抱著那個舊足球，繼續詛咒著這個世界，在我內心激發了使命感。

我產生了一種使命感，無論如何都必須拯救這名少年。

「弟弟，你聽我說。」

我對他開口。

對著這個花森寄託希望、孤單無依的少年開了口。

「我一直希望自己的人生能夠重來。在失去燦爛的日子之後，整個世界都突然失去了色彩。因為是這樣的人生，所以我一直想要告別過去。我帶著這份期待開始做這份工作，希望可以用自己的雙手找回往日的燦爛。」

我在苦笑的同時繼續訴說。

「但是，現在不一樣了，我現在不再希望自己的人生重來。因為無論再怎麼痛苦，無論再怎麼辛苦，這樣的日子就是我的人生。我需要的不是人生重來，重要的是接受自己的人生，然後在這個基礎上前進。每個人都是這樣過日子，所以我也要帶著過去向前走，我有自信，即使在忘記所有過去的世界，我也可以堅強地活下去。」

所以，我不會把心願用在自己身上。我再次下定決心。

比起努力不忘記這段日子，一定還有更重要的事。即使失去，也一定可以繼續前進。我相信這一點，所以決定把心願用在這個站在世界角落、幾乎被灰色的雪淹沒的少年身上。

我仰望天空，回想起當死神的這半年時間。

有一天，一名開朗的少女來到我家，邀請我當死神。

之後，終於又和朝月說了話，但她又很快離開我。

我在自暴自棄中見到黑崎，之後又遇見為愛痛苦的廣岡太太。然後遇見小夕，又失去了她。見到了雨野，和他和解。除此之外，還有很多很多，帶著激情經歷了不計其數的記憶。

然後——

「花森。」

我呼喚著這個名字，呼喚著這個一直在我身旁的少女名字。

雖然只有半年的短暫時間，但她在這段期間帶給我無可取代的溫暖。

即使我快凍結，即使我快哭了，她總是像太陽一樣為我照亮世界。她的聲音至今仍然留在我的內心。

——佐倉，你聽我說。

——喂，佐倉，你在幹嘛？

——佐倉，真受不了你。

「！」

就在這時，我後悔想起她的聲音。

慘了。

我一直努力克制自己不去想她。

我一直努力不哭，努力不讓淚水流下來，一直撐到現在。但是，這一刻，這樣的願望落空了。

我不要。我不想失去。

我不想失去這半年期間，不想失去遇見的人，不想失去所有的一切。

我絕對不想忘記無可取代的少女，絕對不想忘記花森，我希望她可以永遠留在我心裡。如果可以，我想再見花森一次，任何方式都沒關係。我們在一切都停止的世界聊天的最後瞬間，我沒有流淚，但我的臉頰被淚水濕了。

我一直避免去思考其中的意義。

這個世界很殘酷。

因為會奪走我所有的回憶。

用力推我的背，要我活下去，要我向前走。

重要的記憶換來了巨大的堅強。

所以，我鼓起勇氣。

因為我要把所有的希望都寄託在即將消逝的生命上。

我從口袋裡拿出申請書和筆，在申請書上填寫了心願。花森已經給了他美妙的臨終，既然這樣，那我就成為一盞指引他走向臨終的明燈，希望即使在下雪的夜晚，也能夠讓他毫不猶豫地走向前。

『希望這名少年能夠堅定地向前走。』

「……」

「喔喔。」

當我寫完之後，我發現眼前的少年直視著我。

他的眼睛是漂亮的綠色。他該不會是混血兒？我看著那雙宛如鑲嵌著全世界最鮮豔寶石的眼睛，擦拭著淚水，想到一件事。啊，沒錯，還沒有結束，我還沒有說她的事。

「弟弟，我的打工到今天結束了，但還有一點時間，既然機會難得，就聽我說一說回憶。」

在我的人生中，曾經經歷過一小段不可思議的時光。

那是大雪紛飛，白色縹緲的世界。

我對眼神空洞的他說。

這是我打工當死神時的事。

可以說，這份打工簡直糟透了。

沒有加班費。

沒有交通費。

一大清早就會被叫出門。

而且工作內容是把像幽靈般的「死者」送去那個世界這種常識難以理解的事。

最離譜的是，時薪只有三百圓。

沒錯，就是三百圓。

看到這種金額，已經不是驚訝，而是會忍不住笑出來。

我知道，這份工作簡直糟透了。

「但是。」

沒錯。

但是。

「即使這樣，我仍然向你推薦這份工作。」

我把生命注入像墓碑一樣站在那裡的他。

這份工作真的糟透了。

但是，同時可以獲得無比寶貴的東西。

有許許多多的人從我面前消失。

每個人都給了我燦爛的希望。

「我希望你知道，這個世界上曾經有很多很出色的人。」

「……」

——之後，我在雪中把一切都告訴了少年。

我回想起那段快樂時光，時而微笑，時而流淚。

雖然這個故事早晚會消失，但目前還是沒有變成透明的明確記憶。

就像最後一次重新翻開回憶的書，傳授給少年。

我相信有人可以繼承這個故事。

我如此深信。

那一晚上。最後的晚上。

我用打工所有的錢買的手錶放在爸爸可以看到的地方，然後鑽進被子。

我對著窗簾外的寂靜輕聲訴說，讓紛飛的雪承載我的希望。

「花森，改天見。」

我對著只剩下黑色和白色的世界說。

為什麼沒有說再見？

我想，我應該知道其中的理由。

「各位晚安。」

有人在夢中對我笑，我覺得他們聽到了我的晚安。

最後的夢中有朝月，有小夕，這段日子遇見過的所有人都對我露出微笑。

我在奔跑。花森在我身旁。花森踢著足球，然後傳球給我。我接過了球，然後一直奔跑到很遠很遠的地方。

那是令人懷念的、遙遠日子的記憶。

——三年後——

——又見面了。

「……嗯？」

這一天，我又帶著奇妙的感覺醒來。

這是怎麼回事？我有一種奇妙的感覺，好像從漫長的夢境中醒來。不知道從什麼時候開始，有時候早晨醒來時，就會有這種感覺。那種心癢癢的感覺，好像要想起什麼，但又什麼都想不起來。

「算了。」

即使再怎麼絞盡腦汁，也想不出任何答案，所以今天也不再多想，像往常一樣起床漱洗。

洗完臉，換好衣服，吃了一片吐司之後，走去看信箱。

我這才發現問題。

咦？我為什麼現在看信箱？

郵差都是中午過後才來這一帶送信，所以現在看信箱完全沒有意義，但我發現自己早上都會不知不覺地去看信箱，簡直就像以前每天早上都會收到信件。我有時候會有這種既視感，好像有什麼我所不知道的神秘記憶在引導我。

「嗯，算了。」

即使我苦思冥想，也無法理出任何頭緒，所以只能再度嘆氣，擺脫內心的煩躁走出家門。

走出玄關，戶外是一片四月的清新晴天。

遠處的公園內櫻花飄舞，充分感受到朝氣蓬勃的明朗春天。

「我出門了。」

我說完這句話，向外踏出一步，準備踏進全新的一天。

路上小心。

屋內傳來帶著睡意的聲音。

我出生、長大的城市說偏僻冷清倒也不至於，但如果要問是不是很繁榮熱鬧，也讓人不知該如何回答，反正就是一個比上不足，比下有餘的地方。

我一步一步走在街上，搭電車坐了兩站。走出車站後直走，走進那裡一所資訊專科學校的校門。

我進這所學校差不多一年。高中畢業之後，我發揮出前所未有的拚勁，接受了一次又一次面試，好不容易找到了一份打工的工作，於是整天拚命打工。如今終於能夠過著像正常年輕人的生活，我也很敬佩默默支持我的爸爸。

先不說這些往事，目前是上課之前的空檔時間。

我不經意地向和我一樣是重考生，平時很聊得來的女生說了今天早上的既視感，因為我還是想不透不知不覺去看信箱的行為到底代表了什麼意義。

這個宅女動員了她腦袋裡的所有知識對我說：

「我認為這是和既視感相反的未視感。」

「未視感？」

我聽不懂她在說什麼，忍不住反問。

她回答說：

「既視感就是對未曾經歷的事產生了好像曾經經歷過的感覺，未視感就是明明是已經經歷過的事，卻感覺好像是初體驗。你的感覺應該就像是未視感的親戚之類的東西，你只是忘記了，但在記憶的某個角落還記得這件事，所以才會產生這種感覺。你聽得懂我在說什麼嗎？」

「完全聽不懂。」

我老實說出了自己的感想，她發出低吟聲後陷入了沉思。

她似乎對無法充分傳達自己想要表達的意思感到心浮氣躁。

「我想說的是，你以前曾經經歷過這種事，只是因為某些原因忘記了。所以你會對今天早上採取的行動產生既視感，但其實是因為未視感的回路——」

「喔。」

她又繼續輕快地說了一大堆我更加聽不懂的話，我不理會她，陷入思考。因為她剛才那番話中提到，過去曾經經歷過，但因為某些原因忘記的這一點提醒了我。我忍不住想，之前是不是真的發生過這種事。

她說得沒錯，我對某一段期間的記憶很模糊。

那一陣子，爸爸闖禍遭到逮捕，朝月又因為車禍死了。接下來的半年期間，我每天都陷入絕望。即使想要回想當時的事，也總是兜不攏，所以如果真的是我忘記了，應該就是那段日子發生的事。

雖然我忘了自己重新站起來的契機，但覺得不能繼續這樣墮落下去，所以最後成功地靠自己的力量重新站了起來，在這段期間獲得之後去參加超過一百次打工面試的活力，但也在這段期間體會了很多似曾相識的經驗。

比方說，去朝月家，朝月的媽媽給我看她的日記。

又比方說，和半夜回來的爸爸聊手錶的事。

除此以外，還有和高三時的同學一起去游泳池、自然公園時，都經常有一種似曾相識的既視感，這些既視感到底是怎麼回事？也許沒有太大的關係，但我每次都覺得湧現了一股神奇的力量，結果就讓我有活力四處面試找工作。這只是我的心理作用嗎？我總覺得其中有某些具有深刻意義的事。

「所以我推測應該是未視感的亞種論，在這裡提出一個假設，你可能曾經生活在平行世界——」

坐在我旁邊、戴著紅色鏡框眼鏡的她滔滔不絕地表達她的意見，她說話簡直就像機關槍，已經開始引起其他同學的注意。好了，好了，我知道了，別再繼續說了。

雖然我覺得根本不可能存在所謂的平行世界，但如果我反駁，她一定會更加長篇大論，所以我只好假裝同意她的意見，讓這個話題先告一段落。

然後，我改變了話題。

「妳上次不是說，要幫我介紹工作嗎？」

「嗯？喔喔，你真的打算要多打一份工嗎？」

「對啊，因為我不想給我爸添麻煩。」

「呵呵呵，沒想到你這個廢柴還挺貼心的嘛。」

「這和廢不廢柴沒關係吧。廢話少說，打工的事到底怎麼樣了？」

「嗯，就是在我叔叔店裡幫忙，你想知道什麼？」

「時薪是多少？妳上次不是說還不知道嗎？」

「佐倉，你聽了可別樂壞了，叔叔說會提供破格的時薪。」

「真的假的？多少？」

「五百圓。」

「妳白痴喔。」

「啊哈哈！我就知道你會這麼說。」

「一點都不好笑。」

「不好意思，這根本是欺壓，所以你放棄吧。」

「媽的，我原本還很期待。」

既然這樣，只好在目前打工的地方增加工作時間了。我仰頭這麼想。

媽的，早知道不應該抱有期待，原本還期待以後可以吃像樣點的午餐。

失望之後，發出了今天不知道第幾次的嘆息。

（……五百圓。）

在這個瞬間，我再度產生了既視感。

五百圓。無論怎麼想，這樣的時薪都低得離譜。

但是，不知道為什麼，這時我並不覺得這個金額太低，反而產生一種奇妙的感覺，覺得至少比那時候好多了，但我明知道自己根本沒有關於「那時候」的記憶。

「佐倉，我生日快到了，你要送我什麼禮物？」

「什麼都不會送妳，妳也知道我沒錢。」

「啊……這種時候，真希望你可以像男朋友一樣請客。」

「我又不是妳的男朋友。」

「佐倉，我覺得如果要你選碧安卡或芙羅拉，你應該會選芙羅拉。」

「為什麼突然扯到這個？而且我為什麼會選芙羅拉？」

「因為我覺得你應該喜歡結過婚的女人，而且應該是蘿莉控。」

「妳根本答非所問，而且我也沒有這種癖好。」

「你不喜歡結過婚的女人嗎？」

「我才不喜歡。」

「也不是蘿莉控？」

「不是。」

「也不喜歡巨乳？」

「不喜歡。」

「非洲哪個國家的領土面積最大？」

「阿爾及利亞。」

「哼，竟然沒有上當。」

「這個哏是我教妳的，好嗎？」

她這個人真的都活在自己的世界。我忍不住嘆氣，真不知道她想幹嘛。

但這樣的對話再度讓我產生了既視感？不對，是未視感？總之，又讓我產生了這樣的感覺。到底是怎麼回事？

窗外吹來的春風讓這種奇妙繼續翻騰。

時間過得真快，終於放學了。

走出校門時，我想到今天不用打工，所以打算回家。

這時，又突然有一種不可思議的感覺。

「……又來了。」

當我來到住家附近的斑馬線，不知道第幾次產生了既視感時，忍不住陷入沉思。今天是怎麼回事？為什麼一直有這種感覺。

一片灰色的高樓大廈，深色雨傘的漩渦。

雨聲人潮。

雖然我看著斑馬線，但腦海中閃現出這樣的景色。眼前明明是舒服的下午，完全沒有下雨的跡象。

這是怎麼回事？這個現象到底是怎麼回事？我情不自禁在斑馬線前停下了腳步，陷入了沉思。這個行為是偶然還是必然？

一個出乎意料的人出現在我面前。

「你好。」

「啊？」

真的很突然，完全是突如其來。

我站在那裡發呆，一個女生不知道什麼時候出現在我面前，露出開朗的笑容向我打招呼。因為太突然，我目瞪口呆。

「你好，最近還好嗎？」

「啊？喔，嗯……」

少女完全不讓我有思考的時間。

穿著白色開襟衫的她再度向我打招呼，好像看到我不知所措，故意調侃我。我困惑不已，只能問她：

「呃，請問我們在哪裡見過嗎？」

「對，以前曾經見過一次。雖然現在的樣子和那一次不一樣，但我們就在這個斑馬線見過。」

「呃……」

慘了。我想不起來。我真的想不起來。

等一下，等一下。我曾經見過這種女生嗎？我真的想不起來啊。

該不會……這是詐騙？如果我和她繼續聊下去，她就會問我知不知道安麗，向我推薦二十萬可以買到為我帶來幸福的花瓶？然後在危險的密室，被一群黑衣人包圍。

我忍不住想像這種情景，覺得眼前的狀況很不妙，正打算逃走。

不能被她纏上。我這麼想著。

（……）

沒想到，就在這時——

為什麼？究竟為什麼？連我自己也搞不懂。

我竟然很自然地開了口。

好像在和遠方的某個陌生人說話。

我不知道其中的原因。

「我……不知道該怎麼說，雖然我什麼都不記得了，但我覺得好像認識妳，不，應該說認識你們。這些記憶到底是怎麼回事？我覺得好像曾經在某個地方，曾經和你們一起歡笑，我有這種感覺。」

說到這裡，我倒吸一口氣。

怎麼回事？我剛才到底在說什麼？

我覺得自己根本在瘋言瘋語。

「呵呵呵。」

眼前的少女不知道在我身上看到什麼，露出楚楚可憐的笑容。

我好像曾經見過，但又好像從來沒見過這種介於既視感和未視感夾縫中的笑容。

「恭喜你，你似乎終於到達了。」

「啊？」

她的話令我感到困惑，但她繼續說著。

整個世界的色彩和聲音漸漸消失了。

少女在不可思議的世界歌唱。

「世界永遠都是相同的色彩，如果我看到了不同的色彩，那是因為你改變了。這個世界上有很多微不足道的奇蹟，有這樣的溫柔又何妨呢？你已經沒問題了，因為每個人都會為你的幸福祝福。」

「這——咦？怎麼回事？」

下一剎那，少女從我的眼前消失了。

當我回過神時，發現世界重新有了聲音和色彩，恢復原狀。我對好像氤氳般的相遇感到茫然不知所措。剛才遇見的少女是怎麼回事？

整件事太不可思議，太奇妙了，但又有一種令人感到熟悉的舒服感覺。

我突然笑起來，模仿我不知道的某個人的笑容笑起來。

「微不足道的奇蹟嗎？」

我不經意地重複少女剛才說的話。因為我覺得今天體會好幾次的既視感，以後可能也會常常出現。這個世界似乎有許多不可思議的事。

路旁有一封揉成一團的信。

一個小男孩看著在天空飛翔的燕子，用力張開雙手的身影。

有人在飄舞的花瓣下賞花的明媚景色。

一個女孩拿著有點舊的皮包，開心歡笑的燦爛希望。

然後——

——這個世界上有很多微不足道的奇蹟，有這樣的溫柔又何妨呢？

「嗯？」

當我回想起少女這句話的下一剎那。

那些不存在的、泡沫般的記憶從眼前閃過。

奇蹟發生了。

這究竟是誰的記憶。

「你好，好久不見。」

「啊？」

又來了。一個陌生的少年走到我面前，對我說話。

這個久違的少年出現在我面前。

「因為你的關係，我終於找到人生的意義。雖然我花了很長的時間，但傷停時間終於可以結束了。我來這裡，是想要在最後向你道謝，真的很感謝你。」

「呃——」

他在說什麼？這個身穿中學制服的少年讓我不知所措。

我靜靜地聽著意外重逢、已經成長的少年聲音。

「我相信你一定不記得我了，但即使這樣，也不代表什麼都沒發生過。我想在離開這個世界之前告訴你這件事。」

陌生的少年手上拿著一個舊足球。

熟悉的足球喚醒我對雪的記憶。

我對他那雙淡綠色的眼睛產生不可思議的感情和懷念。

我們的心願實現，看到了名為希望的奇蹟。

「我要把你告訴我的那個透明的故事還給你。」

不知名的少年說道。

把我和少女連結在一起的少年說：

「你應該已經想不起來了，但你以前曾經有一個重要的人。當我離開這個世界，這個故事會再度變成透明，但至少可以在這個瞬間讓你感到幸福，這可以讓我的人生具有重要的意義。」

重要的人。我覺得自己好像知道這件事。

重要的人。我從來沒有忘記過。

微不足道的奇蹟連結了世界，超越時空，讓我們見到彼此。

寫在透明書上的故事再度呈現在我眼前。

「我來告訴你，那是你以前寫下的故事——『時薪三百圓的死神』。」

——又見面了。

今天早上醒來時聽到的既視感變成未視感出現在眼前。

變成透明的故事再度流傳到這個世界。

「是一個死神引導我。」

「對，沒錯，是那傢伙引導我們。」

雖然我已經想不起來了，但我身邊曾經有一個很重要的人。

從遙遠的世界流下的淚水，在一無所知的我的眼中呼喚希望。

我以為永遠都不會知道，我以為再也無法想起。

那個重要的人無可取代，關於她的記憶讓我潸然淚下。

在這名少年上路之後，這些縹緲的記憶將會再度被遺忘。

但是，只要用這種方式傳遞到下一個世界，就會在遺忘之際遇見微不足道的幸福。只要殘酷的世界有少許的溫柔，世界就會因此變得美妙。我回想起以前的記憶。

我們聊了起來，聊著引導我們的那個少女。

雖然我已經不記得，但我們繼續聊著無可取代的少女。

我似乎聽到她的笑聲。

路旁綻放了一朵幸福花。

完

89

時薪三百圓的死神 時給三〇〇円の死神

時薪三百圓的死神/藤萬留作；王蘊潔譯. -- 初版. --
臺北市：春天出版國際, 2020.06
面； 公分. --(春日文庫；89)
譯自：時給三〇〇円の死神
ISBN 978-957-741-273-7(平裝)

861.57

ISBN 978-957-741-273-7
Printed in Taiwan

JIKYU 300 EN NO SHINIGAMI

First published in Japan in 2017 by Futabasha Publishers Ltd., Tokyo.
Chinese translation rights arranged with Futabasha Publishers Ltd. through Future View Technology Ltd.

作　　者　藤萬留
封面繪者　中村至宏
譯　　者　王蘊潔
總 編 輯　莊宜勳
主　　編　鍾靈

出 版 者　春天出版國際文化有限公司
地　　址　台北市大安區忠孝東路4段303號4樓之1
電　　話　02-7733-4070
傳　　真　02-7733-4069
E－mail　story@bookspring.com.tw
網　　址　http://www.bookspring.com.tw
部 落 格　http://blog.pixnet.net/bookspring
郵政帳號　19705538
戶　　名　春天出版國際文化有限公司
法律顧問　蕭顯忠律師事務所
出版日期　二〇二〇年六月初版
　　　　　二〇二二年十月初版二十八刷

定　　價　370元

總 經 銷　楨德圖書事業有限公司
地　　址　新北市新店區中興路二段196號8樓
電　　話　02-8919-3186
傳　　真　02-8914-5524
香港總代理　一代匯集
地　　址　九龍旺角塘尾道64號 龍駒企業大廈10 B&D室
電　　話　852-2783-8102
傳　　真　852-2396-0050